W0360702

Ciao, ti presento Alkol

romanzo di

Daniel Turčinović

http://eroscultura.it/prodotto/ciao-ti-presento-alkol/

Ciao, ti presento Alkol - di Daniel Turčinović

editing Maria Grazia Beltrami

Editore Eroscultura

www.eroscultura.com @info@eroscultura.com

Copyright 2013 Eroscultura

Cod. ISBN 9788898024841

Immagine di copertina: l'autore e Irene Pasquali ritratti da Gabriela Victoria Salgado Alonso

A te che ricerchi l'ebbrezza in ogni cosa.

I

Una volta un amico mi disse che sono un uomo migliore da sbronzo.

"Sei fortunato, – diceva - perché fai parte di quella massa di uomini ubriachi, depravati, sentimentali, e che conoscono solo la malinconia. Sei forte."

Il mio amico era convinto che alla fine avrei preso la direzione giusta, e con l'aiuto di qualche improbabile evento la mia vita sarebbe diventata uno spasso. Diceva che il comunemente chiamato ubriacone o alcolizzato è, a volte, una instabile evoluzione dell'homo sapiens, una meteora destinata a estinguersi lasciando dietro di sé una luce fiammeggiante, di breve durata ma eterna. Ubriaco o no, comunque sia, sono sicuro di non essere un astronauta, un medico o chissà chi di luminoso. Non sono mai riuscito a immaginarmi là tra le stelle per settimane o addirittura mesi, nell'impossibilità di prendermi una sbronza di tanto in tanto, e meno ancora mi immagino in una sala operatoria intento a salvare la vita di qualcuno. Non ho la stoffa per essere un muratore, e non possiedo le capacità per diventare un banchiere. Io ho semplicemente scelto una professione adatta alle mie esigenze o, per meglio dire, adatta a quella combinazione di capacità e di opportunità che mi sono state date. Diciamo che sono a metà strada tra un astronauta che viaggia tra le stelle, un medico che s'interessa a certi casi umani, un muratore che si prende delle sbronze colossali dopo il turno di lavoro e un banchiere con il conto in rosso. Sono una specie di mostro di Frankenstein. Tutto qui, e se riuscirò a combinare qualcosa di più di quello che ho fatto finora per sopravvivere allora potrò dire di essere a buon punto nella vita. Non voglio limitarmi a fare quello che tanta gente fa mentre aspetta il proprio turno per andarsene da questo mondo; io non voglio lavorare, fare l'amore, scopare, bere, mangiare, cagare, sognare, e non voglio vivere nell'abitudine. Io credo che le cose non siano fini a se stesse, nemmeno la figa e l'amore, nemmeno l'alcol e le sigarette. Il punto non è tanto ciò che faccio ma per cosa lo faccio. E poi ci sono le cose che cerco di evitare, dico veramente. Il lavoro è una di queste merdosissime cose. Il lavoro! E' peggiore delle sigarette e dell'alcol messi insieme, ma pochi lo sanno. Moltissime persone passano otto, dieci, dodici o sedici ore su ventiquattro sul proprio posto di lavoro e non si accorgono che non gli rimane il tempo per vivere, prendersi una sbronza, fare un viaggio, avere un orgasmo o persino annoiarsi. La maggior parte delle persone si immedesima in quello che non è, e alla fine combina solo un mare di cazzate. Tanti desiderano essere qualcosa o fare qualcosa, pensando che quel *qualcosa* sia migliore. Sono come i padri di famiglia che cercano l'amore accanto a una pompa di benzina fingendo di non sentire e di non vedere per non ammettere di essere completamente fuori posto. Io non voglio vivere quel dramma, non voglio cercare le cose giuste nei posti sbagliati. Ho paura che se ci riuscissi allora mi abituerei a pagare le bollette, e rispetterei le leggi di quelli che le scrivono e che le interpretano a modo loro. Vedo un sacco di gente che desidera la vita di qualcun altro e persino la sua donna, e mi dico che, molto probabilmente, il qualcun altro sta facendo la stessa cazzata. Io non voglio il lavoro di un altro, i suoi soldi e nemmeno le gambe che piacciono a lui, anche se questo potrebbe voler dire che non avrò mai delle certezze nella vita. Non me ne frega niente, perché io, semplicemente, continuerò a non volere una vita in prestito. Non me la sento più di svendere il mio tempo firmando un pezzo di carta che mi costringerebbe a farmi il culo per riempire le tasche di qualcun altro, e non mi va d'innamorarmi della prima bocca che mi confeziona promesse.

Io ci provo e per questo ora sono seduto su un treno regionale diretto a Milano. Mentre sto qui a fissare la pioggia dall'altra parte del finestrino, non mi sfiora nemmeno per un momento l'idea di fallire. Se dovesse accadere, voglio potermi stupire ancora di questo marcio mondo. Questo vetro sembra una pellicola trasparente, un proiettore carico d'immagini, di fluttuanti ricordi e caotiche sensazioni che si accavallano sugli scaffali della mia memoria. Sullo sfondo vedo la mia faccia stanca e la macchia di yogurt all'aglio sulla mia camicia preferita. Mi sento ipnotizzato dal rumore ritmico, quasi impercettibile, delle ruote d'acciaio che si trascinano sui binari e fatico sempre più a mantenere il contatto con la realtà. Davanti a me c'è una coppia, due probabili tossici che mangiano biscotti secchi e si baciano con le briciole in bocca. Il maschio agita nervosamente la mano cercando di imitare un chitarrista rock, ora sta arpeggiando con l'indice e il medio su una chiazza gialla depositata sui jeans. Credo che abbia cambiato strumento, mi pare che si stia sbizzarrendo con un basso elettrico. Accanto a lui la sua compagna mi fa una pena allucinante. È vestita con un completo jeans nero. Porta gli anfibi, una maglietta del Che e un paio di piercing. Tra tutti i difetti che una donna come lei potrebbe avere, ne noto soltanto uno, uno schifosissimo labbro sporgente che sfigura un volto angelico. La trovo carina, ma tutta quella carne mi sta facendo pensare a uno di quei cani sporchi e bavosi che certa gente si porta appresso. È magra, assolutamente scopabile se non fosse per quel labbro penzolante. Ha le tette piccole e a punta. Mi è anche passata per la mente l'idea di provarci, le avrei promesso un po' di erba e poi l'avrei scopata nel bagno del treno, infilandomi almeno un paio di profilattici. I suoi occhi neri brillano e sembrano pieni di malinconia. Dalle pupille è chiaro che è fottutamente drogata, non riesce proprio a smettere di fissare l'uomo invisibile seduto accanto a me. Non credo che sia una tossica emarginata, che fuma, sniffa o si buca con preoccupante ferocia, e non sembra nemmeno una che usa gli stupefacenti per vivere in mezzo agli altri, piuttosto una di quelle tipe che io chiamo tossiche lucide. Probabilmente è una comunista poco convinta, una di quelle da centro sociale, che fanno parte di quella cerchia di pazzi e squilibrati che credono ancora che certe parole, come comunismo, anarchia, lotta, rivoluzione proletaria e roba del genere abbiano un senso, e che conservano la naturale deficienza adolescenziale. Gente come lei crede nel bene comune e si dimentica del potere dell'ipocrisia umana. La immagino rintanata in una di quelle capanne di cemento e poster per drogati ed emarginati, dove i primi si sentono al sicuro e i secondi si sentono imbattibili dato che, come tutte le pecore, stanno bene in gruppo perché trovano il coraggio che gli manca di solito. I suoi bellissimi occhi non sembrano cercare conforto nelle immagini trasmesse dal finestrino del treno. Sembrerebbero occhi spenti come quelli dei morti, se non fosse per quella delicata luce malinconica che fa loro parlare una lingua muta. Chissà, forse è una delle tante donne che si sposano entro la fine del loro ciclo ormonale, o che vanno a vivere con uomini che odieranno sempre di più, magari imprenditori in possesso di una casa enorme, di una macchina di grossa cilindrata, di un figlio e di una ex moglie. La vedo finire i suoi giorni tra cucina, lavanderia e camera da letto, in quell'essenziale e confortevole destino che accomuna la maggior parte delle donne, che si concedono vacanze quando il marito decide di sprecare le sue ferie, e poi si vantano con le amiche del numero dei loro amanti. Se sarà abbastanza furba, allora riuscirà a essere la padrona del suo principe azzurro, userà la fica come moneta di scambio e diventerà una delle tante puttane domestiche che non riescono ad ammettere di invecchiare, immediatamente riconoscibili perché sembrano dei pagliacci con addosso vestiti buffi e con la faccia colorata come se stessero andando a una festa in maschera. Le strade della mia generazione sono lastricate da queste femministe senza la minima dignità.

Mentre continuo a fantasticare sulla tipa mi apro un'altra lattina di birra, così attiro l'attenzione del tossico accanto a lei.

"Senti, - mi dice come se fossimo amici di vecchia data - non ce l'hai mica un euro da darmi? Solo un euro."

Ci penso un attimo e mi ficco la mano in tasca. Gli passo tutta la moneta che ho, forse sono quattro, cinque euro.

"Grazie. Grazie mille, amico."

Conta i soldi e li infila in tutta fretta nella tasca della giacca. È da un po' che fissa la mia birra e allora gli chiedo se vuole farsi un sorsetto.

"Perché no? Ci sto." risponde timidamente. Mi fa un mezzo sorriso e poi guarda miss labbro sporgente. Io tiro fuori un paio di lattine dalla borsa e ne do una a lui e una a lei.

"Grazie."

"Figurati."

Lei è indifferente, con la lattina in mano.

"Dove sei diretto?"

"A Milano." rispondo, senza pensarci troppo.

"Bella Milano. Vai a lavorare?"

"No. Sono solo di passaggio."

"Ah, capisco. Che figata però, Milano. È un casino, Milano. Bella, Milano. Eh, sì. Milano. Sempre bella ma è un casino."

Non so cosa dirgli e torno a fissare la mia immagine riflessa sul vetro. Sembro un vecchio scheletrico e pallido e non vedo l'ora di arrivare. Sento la voce del controllore ma non mi volto: "Biglietti, prego."

Lo vedo riflesso sul vetro: è alto, con le spalle dritte e la faccia impassibile. Sembra uno di quegli schizzi a matita che si vedono sulle locandine della propaganda fascista.

"Avete i biglietti voi due? - chiede ai tossici.

Il tizio con la giacca di pelle butta giù la birra tutta d'un colpo e gli farfuglia qualcosa. La tipa invece non dice niente. Io me ne sto buono buono a fissare le immagini della gente, senza girarmi. *Cazzo*, penso *sembra di guardare un film alla tivù*. C'è un tizio in cravatta che sbuffa, una accanto a lui muove la testa come se fosse un orologio a pendolo. C'è anche un bambino che sta strattonando la manica della madre mentre le dice qualcosa.

"No. Siediti, - sbraita lei con un tono di disgusto - e girati di qua."

Io continuo a spiarli sul finestrino. Sembrano fantasmi.

"Dovete scendere o pagare la multa. - spiega il controllore, sempre con l'aria di uno di quelli che hanno fatto il corso per entrare nell'arma ma non gli è andata bene, e ora non gli resta altro che bucare i pezzi di carta e lo farà per il resto della sua vita. Ha modi arroganti, forse si crede il paladino dei passeggeri del treno, tutti sull'attenti e con il biglietto in mano.

"Allora scendiamo" risponde il tipo con la giacca di pelle, poi si alza portandosi dietro miss labbro sporgente. Se ne vanno verso la coda del treno seguiti dal ferroviere cazzuto.

Io mi giro e vedo tutti quei fantasmi che fissavo fino a poco fa. Mi ero scordato che erano esseri umani. Non provo nei loro confronti quello che si potrebbe definire senso di appartenenza. Li guardo e penso che non apparteniamo alla stessa specie. Non voglio appartenere alla loro buona società, in loro io vedo soltanto degli spettri ipocriti, che odiano i ladri, gli assassini e le puttane, ma esaltano i ricchi nati dal ladrocinio, i militari vittoriosi che hanno le mani sporche di sangue, e tutte quelle donne che si sono emancipate con il conto corrente di un uomo. Continuo a fissarli e non riesco a non perdermi tra i miei pensieri. Allaccio e slaccio le mie riflessioni come se fossero le stringhe delle scarpe. Sto pensando ai due tossici che fino a poco fa erano seduti davanti a me. Mi domando se finirò anch'io a quel modo, a elemosinare un euro e un paio di birre a uno più schizzato di loro. Devo ammettere che non mi sento poi tanto diverso dai miei due ex compagni di viaggio. Io non ho fatto altro che lavorare come uno schiavo, scopare, farmi e bere. Penso che forse i due fattoni sono stati più furbi di me - loro non si sono fatti ingannare dal primo articolo della Costituzione - e che dovrei cambiare paese o trovare il coraggio di suicidarmi, ma non riesco a convincermene perché ho ancora delle speranze e un sogno che sto tentando di realizzare. Non mi sento ancora un fallito e non m'interessa guidare una bella macchina, avere una donna che mi aspetti alla sera, prima di mettere nostro figlio a letto, e avere un lavoro fisso per i prossimi quarant'anni. Quello che voglio veramente è ciò che sto facendo in questo istante, stare seduto su questo treno che mi sta portando verso il mio sogno. La mia unica consolazione, pensando agli anni trascorsi, è che a volte sono riuscito persino a divertirmi. Questa è la conclusione a cui sto giungendo alla fine di un viaggio in piena sbornia durato quasi trent'anni. Mi sento come uno di quei personaggi frustrati e maledetti dei romanzi di Charles Bukowski, un disoccupato alcolizzato e senza fortuna ma che ha trovato un lavoro nuovo, e forse, con un po' di fortuna, potrà spaccarsi il culo per dodici ore al giorno per far guadagnare un sacco di soldi a qualcun altro, ma questa volta farà ciò che sa fare meglio. Voglio ammazzare il tempo che mi rimane nel miglior modo che conosco, costi quel che costi. In tutti questi anni non ho mai dimenticato che non ci vuole nulla per odiare la vita, nulla per perdere gli amici e le donne, nulla per avere sfortuna, e occorre ancora meno perché tutto passi e finisca in una scatola, sotto due metri di terra. Non ho mai dimenticato il vero volto della vita dal primo momento che la vidi in faccia, quando mia nonna mi disse: "Bambino mio, hai le mani di un medico o di un pianista, ma pensa che forse non sarai nessuno dei due e allora con queste stesse mani dovrai tagliare la legna."

Questo è l'unico problema che ha la gente come me, quelli che scrivono, non ha paura della morte ma della vita, e pensa che questa tradirà sempre le sue attese. Mi guardo indietro e cerco di ricordare quando è incominciato tutto questo, tutto questo sopravvivere, e penso proprio che sia stato quando mi hanno costretto, due mesi prima del tempo, a uscire da una figa, da quel meraviglioso posto in cui mi trovavo così bene.

Ventisette anni dopo, una notte, mi ritrovai a pensare per la prima volta a cosa avrei potuto fare oltre a ricercare piaceri dei quali non mi rimaneva mai nulla se non un fegato gonfio, un portafoglio vuoto e una miriade di rimorsi. Era una notte di sbornia come tante, un cielo senza stelle mi teneva compagnia e a quell'ora l'unica cosa che mi legava all'esistenza era la meravigliosa vista di un'isola deserta lavata dalla pioggia di un martedì di gennaio.

Forse la cosa migliore da fare sarebbe stata quella di scacciare la malinconia, ma, per quanto mi sforzassi, continuavo a deprimermi sempre più mentre mi raffreddavo la fronte sull'umida finestra della stanza di un albergo. Quel posto puzzava da morire, dalla finestra non si vedeva niente altro che un albero secco, e un palazzo di un rosso scolorito che si abbinava benissimo al mio stato d'animo. Di tanto in tanto si poteva sentire l'abbaiare di qualche cane. Quei colori fuori dalla finestra, e quell'odore di chiuso che c'era nella stanza, mi facevano lo stesso effetto di una scopata con una di quelle donne che non hanno nulla da dire, che non ridono o piangono mai, che sono incapaci di mostrarsi emozionate, un tipo di donna che mi attrae senza nessun evidente motivo. Tristezza e rabbia mi fecero venire in mente la cosa più sbagliata, l'amore. Presi dal portafoglio la foto della mia ex, per la precisione l'unica donna che avessi amato. Lei era troppo giovane e questa fu la fregatura. Si può morire d'amore diceva qualcuno, ma io credo che non sia facile nemmeno sopravvivere, soprattutto il primo anno dopo una separazione. La faccia su quella foto si chiamava Katia. Avevo amato e adulato quella ragazza, avevo creduto che mi amasse allo stesso modo con cui la amavo io, ma mi sbagliavo. Ci eravamo incontrati a una festa e io mi ero offerto di darle uno strappo fino a casa.

"Ciao, mi pare che tu abbia bisogno di un passaggio. Giusto?" le avevo detto.

"Eh, già. Hai la macchina?"-

"Sì. Se ti fidi."

Mi sorrise e rispose: “Non ho alternative. È tutta la sera che penso a come andarmene da questa noiosissima festa.”

“Non dirlo a me.”

“Allora andiamo.”

“Sono d’accordo.”

La accompagnai a casa. Quella sera non ci fu niente, nessun bacio, nessuna occhiata maliziosa, nessuna palpata involontaria o roba simile. Non so come accadde, ma dopo un paio di passeggiate e un altro paio di feste noiosissime, con amici che conoscevamo a malapena, finimmo col fare l’amore. Un paio di settimane più tardi la strafiga bionda, alta e magra, con capelli lisci che le coprivano la schiena spesso nuda, pensò bene di dirmi che ero meraviglioso e che mi amava. I suoi grandi occhi mi scopavano l’anima a ogni battito di ciglia. Io mi innamorai senza sapere che cosa fosse l’amore, senza mettere in conto il mio cazzo e la sua figa, incapace di riconoscere l’ebbrezza dei vent’anni e sopravvalutando il potere dei sogni di coppia. Beh, voglio dire, provai quello che tutti chiamano amore, e forse è per quello che mi portavo sempre in tasca quella stramaledetta foto. A quei tempi ero disposto a credere a tutto, pieno com’ero di orgoglio e di inspiegabile soddisfazione. Pensavo di essere speciale, almeno quanto lo era lei per me; pensavo di meritare il primo posto nella sua vita soltanto perché l’amavo come forse nessun uomo aveva mai fatto prima. Alla fine, dopo quattro anni di coccole, di inconcludenti promesse e di inattendibili sogni, decise di levare le tende e iniziò a frequentare un buzzurro che le pagava le pizze e faceva finta di ascoltarla, e che, per la precisione, pensavo fosse il mio migliore amico. Per me non fu soltanto imbarazzante ma anche squallido. Una cosa che non riuscirò mai a capire è perché cazzo sia andata a letto con un coglione peggiore di me, senza spina dorsale, che rappresentava tutto ciò che odio. Gli uomini sperano che la propria ex si trovi un uomo più squattrinato e più brutto di loro, possibilmente col cazzo piccolo, ma quando le loro speranze si realizzano scoprono che questo non li fa stare meglio perché, comunque sia, lei scopa con un altro e i sogni di vendetta vanno a farsi fottere. Dopo il fattaccio non mi rimase altro che farmi seghe e piangere ascoltando la canzone che aveva scelto mentre un impetuoso orgasmo la convinceva che non avrebbe mai e poi mai fatto la troia. Il solo ricordare tutto questo è squallido tanto quanto sapere che tutti ci passano prima o poi, e io non ero un'eccezione. Provai a fare qualcosa di peggiore: tornare con lei. Tentai di riportare in vita l'amore ma, passo dopo passo, scoprii che non stavo facendo altro che riesumare una creatura abominevole, con i bulloni sul cuore. Avevo cercato di appiccicare i ricordi come se fossero stati cocci di vetro sparsi sul pavimento della rabbia. In poche parole avevo provato a perdonarla, ma non ci riuscii. Imparai che il perdono non è altro che una manciata di lettere senza significato che da ragazzino avevo sentito pronunciare dal prete del mio paesino durante le ore di catechismo. L'avevo amata, veramente, più di ogni altra cosa al mondo; o per lo meno questo è quello che credevo, soprattutto quel giorno d'estate quando lei uscì da casa con una gonna da tennis e senza le mutandine, soltanto perché adorava fare la porca in giro. Decidemmo di passare il pomeriggio in un parco pubblico. Io mi sedetti su una panchina e lei si mise sopra di me, con disinvoltura. Ero comodamente installato dentro di lei quando si avvicinò una vecchia e ci chiese delle indicazioni. Il mio amore, la proprietaria della vagina dentro la quale mi trovavo, non si scompose e le rispose con la massima naturalezza.

"Signora, - disse sorridendo come un angelo - è meglio che non vada da quelle parti. È troppo lontano, sta per piovere, e lei è senza ombrello. Giusto, amore?"

"Giusto." risposi.

La vecchia ci ringraziò e ci fece i complimenti: "Si vede che vi volete bene" sussurrò prima di sparire in fondo al viale.

Chissà se la vecchiaccia aveva capito qualcosa, se aveva visto ed era lì soltanto per chiederci un paio di cazzate. Comunque sia, da quel giorno non ebbi più dubbi, Katia mi amava e io amavo lei. Ero convinto che fossimo una coppia perfetta e non sapevo che imbrogliare e perdonare, oppure fare l'amore e ricordare, sarebbero diventati per me una questione di orgoglio e soprattutto di rispetto per quel che era rimasto di me e della mia autostima un anno dopo l'orgasmo sulla panchina del parco.

Quando Katia si mollò col tizio delle pizze, tornò a cercarmi. Io feci la cosa più sensata, la scopai e la mandai a quel paese. La vendetta non c'entrava nulla, ero semplicemente disgustato.

Quell'esperienza rovesciò molti dei miei punti di vista, in particolare quelli che avevo sulle donne. Da quel momento in poi incominciai a considerarle tutte puttane, nessuna esclusa. Col tempo capii che dovevo osservare i loro comportamenti e ignorare le loro parole, se avessi voluto capire qualcosa dell'universo femminile. Ben presto fui certo che la maggior parte delle donne che incontravo parlava per dare aria alla bocca e amava il sesso molto più di quanto lo amino gli uomini. Ciò che mi aveva fatto credere altrimenti era il fatto che non sapevo che le donne sono molto più selettive degli uomini, anche se spesso e volentieri scelgono soggetti pessimi, ma questa è una questione di gusti ed esistono anche i gusti di merda. L'amore invece è una cosa a parte, per loro come per noi. L'amore è un punto di vista che il gentil sesso, a differenza del maschio, cambia spesso e volentieri perché è incoraggiato dalla sua coscienza ma anche dalla sua vagina. Donne!

Ed eccomi in quell'albergo in cui rimasi per tutta la notte con quei pensieri che mi rimbalzavano nella testa, finché la lancetta piccola dell'orologio a muro non raggiunse il numero sette. Quella notte avevo provato più volte ad alzarmi spinto dal bisogno di vomitare, ma ogni volta tutto si riduceva a un senso di soffocamento mentre me ne stavo sdraiato sul letto a guardare le macchie gialle sul soffitto. All'arrivo dell'alba, se non ricordo male, non feci altro che buttare la testa nel cesso per svuotarmi l'anima. Il mio cervello era una spugna umida e il mio fegato un lavandino rotto, ma verso le otto, e dopo l'ultimo tentativo di rigurgito, trovai la forza di infilarmi i jeans, inghiottire gli ultimi due sorsi di rum rimasti nella bottiglia di Des Antilles e andare a fare colazione al bar dell'albergo. Scendendo le scale ricordai l'ultima volta che avevo fatto colazione a Venezia, ero con la ragazza di un altro. Si chiamava Teresa e non ero riuscito nemmeno a scoparla. Ero convinto di essere innamorato di lei perché non mi lasciava mai in pace e mi faceva mangiare il fegato. Noi uomini siamo strani, spesso anche dei grandissimi coglioni masochisti, e io non facevo eccezione. Quella ragazza aveva una fottuta paura di me, una fifa particolare. Mi diceva che ero speciale, sensibile; e che le piacevo troppo. Suppongo che la verità fosse che sapeva benissimo di essere innamorata di me ma che non avrebbe mai potuto manipolarmi a suo piacere. Credo che questo la eccitasse e la portasse a desiderarmi. Mi ha sempre fatto piacere ricordare le donne della mia vita, ma pensare a Teresa mi fa un effetto particolare. Quella ragazza era stata, per poche settimane, l'unico svago che era riuscito a distrarmi da una vita monotona, fatta di droghe e di cattive sbornie. Terminata la colazione tornai in camera e mi addormentai, col cazzo in mano e Teresa nelle mie fantasie.

Verso le dieci la cameriera ai piani, una grassa brasiliana, bussò alla mia porta e cominciò a gridare come una pazza, in un italiano pieno di accenti e sbavature, doppie infilate qua e là e verbi all'infinito: "Deve lasiare camera oppure paghere per una nocie ancora. Ha deto segnora padrona."

Ero senza soldi, dovevo andarmene. Non avevo un posto dove dormire e non mi rimase altro da fare che ripiombare tra i ricordi fotografati in bianco e nero e l'odore di chiuso che hanno tutte le famiglie. Mi vergognavo, ma non potevo fare altro che tornare dai miei. Gli studi non erano andati poi tanto male, ma i piaceri della vita mi avevano portato a conseguire l'unica laurea riconosciuta in ogni angolo della terra, quella della strada. All'università la gente era noiosa e non aveva obiettivi se non finire gli studi. Per quella massa di idioti la laurea era un fine, non un mezzo, e nient'altro. Gli studenti pensavano che bastasse ottenere un pezzo di carta, e non si davano da fare per procurarsi maggiori opportunità per raggiungere i loro scopi; probabilmente perché desideravano solo organizzare feste, fare sesso a oltranza, e andare un po' in giro giustificandosi con la parola Erasmus. Molti di loro impiegavano anni e anni per ottenere un tovagliolo da appendere al muro e finalmente ereditare qualcosa dal vecchio in pensione. Festini e scopate, ecco come si diventava medico o professore; avrei potuto farlo anch'io, e senza pagare le tasse, ma preferii la strada, i bar e il duro lavoro. A darmi il colpo di grazia furono i professori, dinosauri vecchi nella mente quanto nel corpo. Stare ad ascoltarli era come sentire sempre la stessa traccia dell'unico album che hai in macchina. Sembravano capre che insegnavano ad altre capre come fare a belare. Solo due di loro avevano la mia approvazione, il dandy del corso di storia e il vecchiaccio che insegnava lingua turca. Il primo era un tipo giovane, brillante ed elegante. Sembrava finocchio ma questa impressione cambiò dopo i primi giorni e credo che si scopasse almeno un paio di ragazzine del suo corso. S'impegnava molto e cercava di assicurarsi che tutti avessero capito quello che ci voleva insegnare; aveva sempre tempo per tutti e alla fine gli studenti, chi più chi meno, s'innamoravano della storia. Il vecchio insegnante di turco, invece, sembrava un giornalista in pensione. Era uno di quei tizi magri e alti che vestono pantaloni di un colore orribile simile al marrone, e portava sempre camicie con le maniche corte, anche d'inverno. Non lo si poteva definire un uomo elegante, ma possedeva un fascino particolare, sembrava uscito da una foto degli anni sessanta. Passava ore a raccontare le avventure che aveva vissuto in giro per il mondo con una voce malinconica che toglieva il fiato. Come uno scrittore di un altro secolo, di tanto in tanto faceva battute che solo pochi studenti capivano. Aveva profondi occhi azzurri carichi di mestizia, come quelli di una persona che ha perso qualcosa che non riesce più a ritrovare. Sembrava un fantasma con la camicia a scacchi. Beh, per farla breve tirai avanti per qualche anno in quella fabbrica di dottori e illuminati, finché decisi che non ne potevo più. A dire il vero avevo portato a casa una laurea breve, ma sapevo che contava poco o niente. Avevo continuato a ripetere a me stesso che non potevo andare avanti in quella maniera, fino a che, arrivato alla fine del quarto anno, persi la pazienza e un bel pomeriggio andai dal rettore per rendere conto della mia orgogliosa sconfitta. Lo stronzo era un docente di letteratura che mi annoiava, come tutti i suoi colleghi. Se ne stava lì, anche per giorni interi, dietro alla sua cattedra, a scrivere e a leggere chissà cosa. Di tanto in tanto si faceva le sue passeggiate, e lo si poteva vedere nei bar a bere caffè e a rimpinzarsi di panini e brioche.

"L'università prepara al mondo del lavoro. Non lo sa? Lo dovrebbe sapere" disse con aria soddisfatta, poi attese una mia risposta.

Io me ne stavo lì, in piedi, in silenzio. C'era solo un ronzio nella mia testa che non smetteva di fischiare da un orecchio all'altro, come un terribile vento.

"L'università non ha lo scopo di farvi diventare tutti dottori, scienziati, ricercatori o uomini d'affari. Quello lo diventerete lavorando. Lo sa? Mi risponda. Lo sa, questo?"

Il suo monologo continuò per diversi minuti mentre io pensavo a come ucciderlo, oppure denudarlo per poi buttarlo dalla finestra del terzo piano. Quella testa di cazzo non la smetteva di parlare infilando dappertutto il suo moralismo che serviva solo ad alimentare l'assassino che stava nascendo in me.

"Dovrebbe sforzarsi di terminare gli studi. È a buon punto ormai, non vorrà mollare sul più bello? Suvvia!" disse, nascondendosi dietro a un paio di grosse lenti.

Quell'uomo mi faceva schifo. Tutto di lui mi faceva schifo, dalle scarpe firmate alla cravatta probabile regalo di compleanno, per di più di pessimo gusto. Desideravo soltanto ucciderlo.

"È da quando avevo sei anni che voi insegnanti cercate di cavarvela con questa giustificazione del cazzo! Non ho bisogno della sua cazzo di laurea e non pagherò sicuramente lo stipendio a gente come lei!"

Strappai il libretto universitario e glielo tirai addosso, poi terminai il mio discorsetto dicendo: "Fate tutti un pessimo lavoro. Lo sa? Me lo dica! E si tolga quella cravatta del cazzo! Non la userei nemmeno per impiccarmi."

Cinque minuti più tardi uscivo dall'università senza voltarmi, in preda a una sensazione di soddisfazione e libertà che mai prima di allora avevo provato.

Dopo che ebbi abbandonato gli studi, i banconi dei bar diventarono le mie cattedre e i bicchieri furono le mie poesie, le mie ricerche e le mie tesi. Non conobbi che ubriaconi, depressi, drogati, spacciatori e studenti convinti di poter cambiare il mondo con la forza del pensiero. Continuai a fare quella vita fino a quella notte in albergo, a Venezia, la notte dei rimpianti e dei rancori, come la chiamo io. Chiuso in quelle quattro mura mi convinsi che non avrei potuto fare altro che smettere di drogarmi e cercare di avere un minimo di vita sociale, altrimenti sarei diventato un barbone, o uno di quelli che lavorano sedici ore al giorno per un pezzo di pane. Avrei preferito la morte a quelle alternative. Pagai l'albergo e andai a bermi un altro bicchiere di rum nella hall. C'era il solito barista, Giuseppe, un uomo sui cinquanta sempre con il sorriso in faccia, magro come una mummia e disponibile come una puttana, sapeva fare il suo lavoro.

"Che combini, ragazzo?" mi chiese col suo leggero accento siciliano.

"Bah! Niente. Me ne vado. Ho finito i soldi e me ne vado."

"E non ti bevi l'ultimo? Dai!"

"Con quali soldi? Non so se mi bastano i centesimi che ho nelle tasche, sempre che siano ancora lì"

"Certo. Ma dimmi una cosa ..."

"Sì."

"L'altra sera mi hai detto che sei laureato, che hai una bella famiglia, che te la passi bene con le ragazze. Perché, allora, sei qui da solo a bere rum?"

"Onestamente faccio fatica a vedermi nei panni di gente come mia sorella, sposata e con un figlio, oppure nei panni dei miei genitori o di quelli che assomigliano ai personaggi che si vedono alla tivù, persone felici e soddisfatte intendo dire."

"E che vuoi fare? La vita è così, altrimenti fai come me, non ti sposi, non ti trovi una ragazza fissa e te ne vai in giro per il mondo, un po' a vedere belle cose e un po' ad aspettare di morire. Insomma, riempi questo buco che sta tra la vita e la morte."

"Farei qualunque cosa, ma non so da dove iniziare. So dove andare a bere, a prendere della droga, so dove danno l'una o l'altra festa, ma non ho la minima idea di dove trovare la vita."

"Quale vita?"

"Qualsiasi, ma che sia abbastanza soddisfacente. Non mi va di fare fatica per niente. Capisci cosa voglio dire?"

"Non hai amici?"

"Non di quelli che si vedono nei film, non quelli che sacrificherebbero la vita per me, o che, semplicemente, si romperebbero le palle per aiutarmi a trovare un lavoro decente. Oltretutto sono senza soldi, mi sento una merda fallita."

Il tizio si fermò per un momento come se stesse pensando al da farsi.

Poi prese una bottiglia di rum e due bicchieri, iniziò a riempirli e ricominciò a parlare.

"Prova a tornare dai tuoi. Sei ancora giovane. Prenditi una pausa da tutto il casino, fa' 'na pausa ti dico. Ti farà bene."

Ascoltavo quel barista e mi convincevo che avrei potuto provarci, che il passo giusto avrebbe potuto essere quello di trovarmi una occupazione, come diceva mio padre. Avrei dovuto mettere la testa a posto, nel senso che avrei dovuto comprarmi una macchina e dei bei vestiti, come tutte le persone *per bene*. Avrei dovuto farla finita con l'alcol e con il resto, altrimenti non avrei potuto affrontare quella vita che tutti i lobotomizzati amano fare. Loro erano felici o, per lo meno, lo sembravano, e quel sogno narcotizzante mi bastò per tentare anche quella strada. La tranquillità che vedevo nella gente comune era rassicurante, ma in realtà disprezzavo quel modello di vita perché non riuscivo a trovarci altro che noia e abitudini, cose che, lo sapevo benissimo, non facevano al caso mio. Rimasi lì al bar, con Giuseppe, a parlare di vita e di sogni mentre guardavo nell'abisso delle mie insicurezze. Da una parte c'erano il fallimento e la solitudine, dall'altra riuscivo a scorgere una luce fioca; per quanto fosse piccola la mia forza di volontà forse mi sarebbe bastata per salvarmi dalla vita. Un'ora dopo il rum era finito e me ne andai. Decisi di tornare a casa dei miei per cercarmi qualcosa che non fosse un lavoro stagionale e sottopagato, del sesso occasionale e il solito e profondo alcolismo, cose che avevo sperimentato per anni. Mi tirai su le maniche e due settimane più tardi iniziai a lavorare in un bar.

"Hai dei bei capelli, sei figo. Ma tu non stavi con la tipa..."

"Sì. - dissi. - Adesso ci sta un altro e forse un altro ancora e un altro ancora. Chissà."

"Sei forte. Inizi domani, dalle sei alle quattro. Camicia nera. Va bene?"

"Va bene" risposi, e andai a dormire fino al giorno dopo.

Quell'estate fu indimenticabile dal primo giorno fino all'ultimo. Per anni ero stato un tipo timido e insicuro che viveva in un mondo tutto suo, ma come spesso accade la figa fece di me un uomo. Passai da un paio di scopate all'anno a una quindicina in un mese. Non riuscivo a crederci! A metà estate avevo già perso il conto di quante ragazze mi ero portato a letto. Non guardavo l'età, l'altezza, il peso o l'intelligenza. Ben presto mi adattai agli usi e costumi in vigore: cocaina e sesso compulsivo. Bel modo di ricominciare, vero? Lavorare in quel locale era un modo come tanti per arrivare a fine mese, con qualche sbronza in più rispetto a un lavoro d'ufficio. Lavoro che fai, vizi che trovi! Per un certo tempo mi feci piacere quel modo di sopravvivere. Ogni sera incontravo un sacco di donne e qualcuna me la sbattevo, svuotavo qualche bottiglia e fingevo di essere a mio agio in quel casino di droghe, alcol e idioti. Avevo tutto il necessario per tenermi lontano dalla verità, lontano da me stesso. Certa gente avrebbe pagato per quel posto, ma io no. La gente continuava a dirmi *Wow. Che bello! Ti divertirai un sacco, con tutta questa figa, eh? Beato te!* o roba del genere. Cominciavo ad accorgermi che la gente desiderava quello che non aveva, dalle donne agli uomini, dai soldi al lavoro, ma quello che più invidiavano era la vita degli altri, mentre odiavano la propria. Io invece odiavo me stesso, assente e incapace di trovarmi, di riconoscermi, di sentirmi un essere umano. Quella vita da rock'n'roll star fallita mi stava lentamente uccidendo l'anima. Io sapevo benissimo che quel lavoro e tutto quel casino non facevano al caso mio, avrei potuto usare qualunque droga e rimanerci secco, sarei riuscito a scopare fino a morire e a bere ogni notte fino all'alba, ma alla fine non sarei mai stato in grado di spararmi nel cervello quella robaccia, tutto quel conformismo. Tutta la gente che vedevo era piena zeppa di droga, alcol e paura della realtà. Per loro era più facile imitare la vita di qualcun altro piuttosto che costruire la propria. Erano tutti pazzi, per come la vedo io. Questa società marcia è come cattiva letteratura o pessimo sesso, è fatta di luoghi e di persone comuni, di menzogne e - cosa da non sottovalutare - possiede un orribile umorismo. Dentro di me sapevo che ero fuori luogo, un po' come un uccello migratore che sa di non appartenere all'inverno, ma quello era il mio lavoro e lo facevo bene. Quando si lavora dietro a un bancone non ci sono molte scelte, o bevi o ti licenzi. Avevo capito che il barman non è solo quello che spina birre e fa i cocktail più bizzarri, ma è una specie di strizzacervelli col cazzo sempre in tiro e magari un po' di coca in tasca. Ogni giorno andavo a lavorare con la voglia di sempre, con le idee di sempre, e pensavo che prima o poi quel cazzo di fanatismo per quella nuova schiavitù chiamata *posto di lavoro* sarebbe andato in culo a tutti, perciò avrei fatto bene a stringere le chiappe. Quando finivo di lavorare, mi scolavo qualche birretta, sudavo su un paio di tette, e pensavo a quanta fatica stavo facendo per allungare la mia vita di un altro giorno. Io ero un drogato bastardo e vivevo alla giornata. Andavo a nozze con le donne impegnate e a loro piaceva moltissimo parlare e sparlare con un cocktail in mano.

Un giorno si presentò una tipa fidanzata. Dopo un paio di birre le chiesi di uscire. La sera dopo scopammo e subito dopo mi disse che stava insieme a un coglione che aveva già tradito una volta. Si sarebbero sposati due mesi dopo, e mi disse che le sarebbe piaciuto se fossi stato presente al suo matrimonio. La notte prima di andare in chiesa la principessa dall'abito immacolato mi tenne tra le sue gambe fino alle prime luci del mattino. Continuava a dire cose tipo *Non voglio perderti*, *Mi sposo, è vero ma ci tengo a dirti che non ho mai avuto con nessuno l'intesa che ho con te* e *Non ho mai goduto veramente prima di scopare con te*. Tre settimane dopo tornò dal viaggio di nozze e mi chiamò. Mi disse che quella sera sarebbe andata a prendere delle cose dalla casa dei suoi genitori per portarle nella sua nuova casa, dove l'aspettava il marito. Appena mi vide scoppiò a piangere. Io le sorrisi ma rimasi in silenzio. Poi ci abbracciammo e lei iniziò a dire che le ero mancato, che mi aveva pensato e altre stronzate simili. La tranquillizzai e provai a farla ridere con qualche battuta. Per lei fu un vero sollievo farmi una pompa in un parcheggio. Inutile dire che riprendemmo a chiavare come prima, con l'unica differenza che potevamo farlo solo nel suo ufficio, in orario di lavoro, e ogni volta lei si toglieva la fede.

"Mi fa sentire meno troia. - mi diceva - E poi, facendo così, ho il coraggio di guardare mio marito senza sentirmi in colpa."

Scopavamo durante la pausa pranzo, perché lei non se la sentiva di inventare scuse per uscire la sera da sola e io ero d'accordo con lei. Tutto andò avanti fino a settembre, quando mi disse che era da dieci giorni che aveva smesso di prendere la pillola e io le venni dentro per l'ultima volta. Lei e suo marito avevano deciso di provare ad avere un bambino e io decisi di chiudere in bellezza. Poco prima di Natale una sua amica mi disse che alla fine la zoccola c'era riuscita, era rimasta incinta.

***

II

L'estate passò in fretta, come tutte le cose divertenti. Era una mattina d'autunno quando il telefono di una stanza d'albergo si mise a suonare alle prime luci dell'alba.

"Pronto?"

"Sono il portiere, signore. Mi ha chiesto di svegliarla a quest'ora."

"Ah, sì! Grazie."

Riattaccai bestemmiando, mentre pensavo che prima di andarmene dovevo assolutamente andare in bagno. Si sa che tutti, o quasi, quando si alzano al mattino - oppure nel pomeriggio, ma anche di sera - dopo un sonno profondo vanno a cagare. Io invece mi svegliavo al mattino e vomitavo. Invece di sedermi sulla tavoletta io ci infilavo la testa; probabilmente perché mia madre aveva ragione quando mi diceva *Figlio mio, bevi troppo!* Quel mattino mi ero svegliato con un'orribile donna accanto, aveva ventisette, forse ventotto anni e russava come un uomo, nemmeno la chiamata dalla reception l'aveva svegliata. Mi aveva montato tutta la notte; scopava come un cane e ansimava come un'asmatica in piena crisi respiratoria. La prima scopata era stata in macchina, in un parcheggio poco distante dal mare. A un tratto si era messa a piangere dicendo che la facevo sentire come una puttana e quella sensazione la faceva soffrire. Io sorridevo pensando che aveva ragione ma non potevo dirle come la pensavo. Annuii e la baciai.

"Non dire stupidaggini."

"Perché? Non è così?"

"Certo che no. Sei diversa, dolce, sensibile. Le ragazze come te non possono essere puttane. Dimmi, come dovrebbero considerarsi tutte le altre ragazze se tu pensi questo di te stessa?"

Dovevo mentire, perché era la migliore amica della moglie di un vecchio compagno, uno che conoscevo dai tempi dell'asilo e che oltretutto era il mio pusher personale. Non potevo permettermi di perdere un amico e cinque grammi di erba a settimana soltanto per la soddisfazione di dirle che non si sbagliava, che aveva ragione quando mi diceva di essere una puttana. Perciò preferivo mentirle.

"Hai soltanto bisogno di tempo. Dopotutto non ci conosciamo eppure stiamo già scopando, ma questo non vuol dire che non ci sia qualcosa tra di noi, qualcosa di speciale e tu lo questo sai … "

Lei mi ascoltava e io non facevo altro che dirle quello che voleva sentire. Continuai il mio assurdo monologo senza fermarmi nemmeno per un attimo, e intanto pensavo a come levarmela di torno. Sin dall'inizio sapevo che era una troia opportunista e lei sapeva che io lo sapevo, ma in questi casi c'è una specie di copione non scritto che le due parti non possono fare a meno di seguire. La fine era scontata, io mi sarei sentito uno stronzo appagato e lei avrebbe vestito i panni della donna sfruttata dall'ennesimo bastardo che l'ha scopata con mille promesse. Le piaceva da matti succhiarmi il cazzo nella sua Civic. Quella merdosa macchina scricchiolava come le ossa di una vecchia zitella, e la sua figa sembrava un pezzo di burro caldo pronto a sciogliersi al primo wurstel che cadeva in pentola. *Che macchina di merda, cazzo!* pensavo mentre la cavalcavo. C'era molto più spazio nel cesso di un aereo low-cost che in quella carcassa; e dentro di lei molto più spazio di quanto avrei mai potuto immaginare. In albergo ricominciammo a scopare e lo facemmo per tutta la notte, me lo ricordo come se fosse successo ieri. Alla fine mi si buttò addosso, avvinghiata al mio collo e pronta alle solite sdolcinatezze.

"Perché non paghi l'albergo per un'altra notte, così possiamo stare insieme, tutti soli a fare l'amore?"

La sua domanda mi sorprese; la parola amore in tutto quel porcaio fatto di sudore e fatica mi sorprese. Quando parlò di fare l'amore, non capii cosa intendesse realmente, forse si vergognava di dire scopare. Non so se il suo era un modo garbato e tenero per chiedermi il cazzo, ma lo fece con dolcezza, quasi miagolando. Quella donna m'infastidiva non tanto per il suo modo di fare ma perché voleva scopare a mie spese, tutto qui. Onestamente non capivo perché mi considerasse in debito, se non con lei almeno con la sua vagina. Per come la pensavo io, era lei che avrebbe dovuto pagarmi. Spudorata! Non aveva il minimo senso della decenza. Avrebbe fatto prima a chiedermi di andare in banca. Quel giorno toccai il fondo dell'universo femminile. Non ne potevo più di scopare a destra e a manca ogni femmina che mi capitava a tiro. Ero stanco e dovevo cambiare. Desideravo una donna che avesse prima di tutto una testa, una donna che sapesse provare vergogna per certe situazioni e che avesse dei principi, e poi un bel paio di gambe. Ero stanco di quelle che si vedono nei film o nelle pubblicità, ero stanco delle donne di plastica. Avevo bisogno di una donna con dei difetti perfetti, ma non sapevo dove cercarla e nemmeno se esisteva. *Forse sono io il problema*, mi dicevo mentre speravo di uscire al più presto da quella stanza. Quell'esperienza mi fece venire voglia di allontanarmi da una realtà che non riuscivo ad accettare, e pensai che era meglio drogarmi. Mi tirai su i pantaloni e la salutai.

"Devo scappare purtroppo. Oggi devo lavorare e sono di turno. Vorrei, ma... ci sentiamo al telefono. Ok?"

Dal suo sguardo mi sembrò convinta. Aveva creduto alla cazzata che avevo appena sparato. Sorrise e mi baciò come solo le donne innamorate sanno fare.

"Ok. Chiamami stasera."

"Lo farò."

Mi piaceva mentire alle donne e con lei non feci eccezione. Pagai l'albergo e mi rintanai nel primo bar che trovai per strada. Sapevo che entro qualche giorno sarei stato disoccupato per lungo tempo, forse per tutto l'inverno, ma l'idea non mi dispiaceva. Non avrei potuto farmi la stagione invernale lavorando dieci, dodici se non sedici ore al giorno in cambio di pochi soldi che mi sarebbero bastati a malapena per pagare l'affitto, fare la spesa e bere un paio di birre di tanto in tanto. Avevo rimpinzato i miei titolari con il mio sudore e quegli stronzi prendevano il mio sottopagato olio di gomito e lo trasformavano in vestiti firmati e macchine sportive. Nel frattempo io mi ammalavo e non vivevo. Decisi di non pensare più al lavoro e a tutta la merda che mi circondava e chiamai un paio di persone. Un'ora dopo, come per magia, mi ritrovai in un camper con un foglietto di *Super Hoffman* sulla lingua. Dopo un paio d'ore capii che abbinare tre dosi di LSD con una bottiglia di gin secco e un mezzo litro di vodka era la cosa più sbagliata che avessi potuto fare, per non dire che fu la cosa più malfatta della mia vita. Mi ritrovai fuori da quella casa di ferro e legno, completamente nudo e in mezzo a un parcheggio pubblico. Era una domenica mattina, e io ero in mostra davanti ai turisti che andavano e venivano a gruppetti, incuriositi dalla vista di tre tossici che vaneggiavano distesi a terra con le palle all'aria come degli animali morenti. Fortunatamente i due che erano con me mi trascinarono su un letto, dove vomitai bile e sangue e urinai fino a sera mentre il terrificante pensiero della morte m'investiva in pieno. Aprii gli occhi attorno alle 18.00, ricoperto di merda e di vomito. Nessuno, trovandosi dentro quella cassa con le ruote, avrebbe mai immaginato che si trattava di un camper. Sembrava un obitorio farcito di merda e puzzava come un cesso da campo. Tutto lì dentro puzzava, persino i pomelli degli scaffali, ma, per lo meno, avevo battuto la stitichezza! La parte più *divertente* e rilevante di quel *viaggio* fu la visione dell'inferno. Ricordo un varco scuro di circa un metro di larghezza che si era materializzato appena sotto l'oblò del soffitto. La paura a quel punto aveva preso il sopravvento, se non ricordo male piangevo e sibilavo come una puttana picchiata da un cliente violento. Ero terrorizzato e traumatizzato come mai prima d'allora. Quella sensazione sembrava non finire più. I minuti si erano trasformati in anni e ogni ora sembrava un secolo. Il mio terrore mi sussurrava che quell'incubo sarebbe durato per l'eternità. Ero sinceramente convinto di essere passato a miglior vita con una overdose. Avevo persino cominciato a chiedermi perché ero l'unico stronzo in mezzo a tutte quelle fiamme. Pensavo a tutta la gente che mi aspettavo di trovare all'inferno, ma non c'era nessuno di loro. *Che cazzo ho combinato per finire qui, senza nessuno di quegli stronzi che mi aspettavo di incontrare?* continuavo a chiedermi. Avrei potuto essere in ospedale o addirittura in prigione, invece no, ero sempre lì dove tutto era iniziato, nel camper di un tossico, disteso su un mare di merda e vomito, e quello che reputavo un mio amico non faceva altro che ridere e ripetere *Te l'avevo detto. Ne vuoi un altro?* In quell'istante la rabbia m'investì a tal punto che pensai di uccidere qualcuno, ma poi un piccolo neurone andò in avanscoperta e accese una parte del mio cervello, che iniziò a rimproverarmi dicendomi che avevo sprecato troppo tempo a drogarmi e a farmi il culo per gente che odiavo fino al midollo. Per farla breve ero fottutamente in trip, pieno di paranoie, e guardavo i due tossici che erano con me mentre ridevano e probabilmente si chiedevano se quel pomeriggio avrei o no raggiunto l'altro mondo. Mi venne in mente il terrorismo, pensai al kebab che non avrei più potuto mangiare, pensai alla birra in riva al mare, al lavoro che avevo sempre desiderato fare ma che non avevo mai meritato davvero perché avevo sempre aspettato che mi cadesse addosso. Ricordai mia madre, probabilmente avrebbe sofferto fino alla fine dei suoi giorni se suo figlio fosse morto a causa di un'overdose di acido e alcol. Il pensiero della morte mi fece incazzare di brutto, ma subito dopo dissi a me stesso che non c'era nulla da fare perché ero già morto, per quanto ne sapevo io. Mi vennero in mente molte delle donne che avevo conosciuto, in fondo nessuna di loro avrebbe potuto rendermi felice, perché le sceglievo a caso. Mi accontentavo di una di loro finché non ne trovavo un'altra che rendeva, per un po', le cose più interessanti. Mi sceglievo le donne come certa gente sceglie i numeri da giocare a lotto. Non voglio dire che fossi migliore di loro ma che non facevano per me, semplicemente perché ero il classico stronzo che aveva bisogno di un paio di settimane per ricordarsi il loro nome e, a volte, persino la loro faccia. Ogni volta che ne trovavo una era sempre lo stesso copione; i soliti complimenti, le stesse battute, domande e risposte riciclate, i tira e molla sempre uguali, il piacere, le esigenze, il solito teatrino del *mi manchi, non ce la faccio senza di te* e, ovviamente, il finale, ovvero l'unica cosa che aveva un senso, a base di n*on può funzionare* e *sei stronzo, sei come tutti gli altri*. Magari quelle galline erano perfette per altri ragazzi, ma io non riuscivo a sopportarle per più di qualche giorno. Nessuna di loro aveva le qualità e i difetti necessari per amarmi e odiarmi, per farsi amare e farsi odiare, così da ottenere una specie di equilibrio tra i due estremi, anche se a volte possedevano altre qualità, come una che si chiamava Chiara, se non sbaglio.

La tipa mi aveva aperto la porta di casa sua e si era presentata con una bottiglia di Jack Daniel's in mano. Dopo che fui entrato se ne versò un po' in bocca poi iniziò a baciarmi e a mordermi con il whisky tra le labbra, finché mi procurò un taglietto. All'inizio non capivo e pensavo che quella troia non fosse buona neanche per succhiare i cazzi, ma poi mi resi conto che mi sbagliavo di grosso. Lì per lì avevo provato un po' di dolore in un secondo momento iniziai a credere di essere andato a fuoco. Alla fine la tipa mandò giù un prelibato cocktail di sangue, Jack

Daniel's, e circa 200 milioni di piccoli kamikaze bianchi.

Dopo che ebbi ricordato Chiara mi venne in mente l'amore, e compresi che non ci avevo mai capito un cazzo perché era impossibile che potessi capire una cosa che non aveva mai fatto parte della mia vita. Per un istante desiderai chiedere scusa a chi di dovere, salutare qualcun altro e, convinto di essere sulla strada dell'inferno, mi dissi che avrei incontrato dall'altra parte di quel tunnel psichedelico la maggior parte di quelli che conoscevo. Prima di svenire riuscii a dire solo: "Vaffanculo a tutti!"

Le risa degli amici ancora sotto acido mi svegliarono dopo qualche ora. Le allucinazioni si erano attenuate ma non riuscivamo ancora a riflettere e a muoverci. L'odore di merda che aleggiava nell'aria ci spinse ad alzarci per andare a vomitare l'anima sul tappetino del bagno. Un paio di ore più tardi tornai a casa dei miei e dormii per due giorni di fila. Per come la vedevo io in quel periodo della mia vita, la droga aveva l'obbligo di uccidermi o di salvarmi, per fortuna quel week-end di settembre scelse la seconda opzione. La botta di acido, la paura della morte e la consapevolezza di vivere una vita a metà mi portarono a una decisione definitiva: chiamai il capo e mi licenziai. Sant'Iddio, era una cosa che avrei dovuto fare da molto tempo, molto prima di quel viaggio-visione. Quando misi giù la cornetta del telefono, tirai un sospiro di sollievo come se mi avessero concesso la grazia mentre guardavo la mia vita scorrere tra le lancette dell'orologio appeso al muro di una camera a gas. Detestavo quel lavoro, il mio responsabile e il mio capo, il paesetto di provincia e tutti i suoi cittadini, ma più di ogni altra cosa odiavo me stesso e mi sopportavo ancora meno quando mi ritrovavo tra loro. Accanto a quegli stronzi diventavo un'altra persona, un pagliaccio impegnato a farsi apprezzare da gente che non sopportava di vedere. Ora avevo capito, con il solo aiuto un po' di droga, di aver sprecato altri mesi di vita, ma non me la sentivo di lamentarmi per questo; avevo raggiunto un grande traguardo perché avevo accettato la realtà: il lavoro faceva cagare ed ero sottopagato, la droga faceva cagare e la pagavo troppo e gli amici si presentavano soltanto quando c'era poco da fare e tanto da bere. Insomma, finalmente era giunto il momento di prendere una decisione, perché la vita non mi avrebbe aspettato. Feci due conti. Avevo messo da parte abbastanza soldi da poter vivere di rendita per tutto l'inverno, e con la disoccupazione avrei tirato avanti fino a maggio dell'anno dopo. Telefonai a un amico, presi un treno, e quella stessa sera ero nel mio nuovo appartamento, deciso a diventare uno scrittore di successo oppure un fallito che avrebbe potuto comunque camminare a testa alta, perché aveva almeno tentato di realizzare i propri sogni. In fin dei conti non avevo nulla da perdere. Non ero uno di quei tipi che si possono definire socievoli, non avevo una famiglia come quelle della pubblicità e gli amici erano un po' come il tempo e le puttane. *Non ho proprio nulla da perdere* dissi a me stesso. Qualsiasi cosa avessi deciso di fare con la mia vita, da quel giorno in poi sarebbe andata comunque bene, e l'eventuale insuccesso non avrebbe peggiorato le cose perché ero abituato a perdere. Ho visto uomini costretti ad abbandonare i propri progetti per diversi motivi - il denaro, la famiglia, l'amore, la solitudine, l'amicizia o la salute - ma io non ero disposto a farmi scappare i miei sogni. Nonostante il senso di fallimento che mi portavo appresso, valeva la pena rischiare per un po' di gloria e di denaro. Il sesso, la droga e la merda sarebbero stati il mio punto di partenza , da lì non avrei potuto fare altro che migliorare.

***

III

Erano passati tre mesi da quando avevo rischiato la morte per overdose, e mi trovavo in una nuova città. Molte cose erano cambiate in poco tempo; ora abitavo con un paio di amici e insieme combattevamo il sistema fatto di affitti stratosferici, bollette assassine, strade pattugliate e controllate da fascisti e dai loro servitori e, come se non bastasse, da una buona dose di benpensanti. Il lavoro era quasi inesistente, ma qualcosa si poteva trovare sugli annunci dei mensili gratuiti che usavo per raccogliere la merda del gatto. C'era voluto un po' di tempo ma alla fine mi ero ambientato bene ed ero diventato un casalingo a tutti gli effetti. Avevo un sacco di cose da fare, adoravo cucinare, anche se a volte lasciavo i piatti sporchi nel lavandino per tre o quattro giorni; mi piaceva stirare e fumare allo stesso tempo perché mi rilassava; mi divertivo a sistemare e risistemare i mobili. Quelli erano i migliori modi che conoscessi per ammazzare il tempo quando non avevo voglia di masturbarmi o di scrivere. Scrivere, invece, era l'unico modo che servisse ad affrontare quello che non mi piaceva. A volte salterellavo da un mondo all'altro semplicemente sfogliando le pagine dei libri oppure scrivevo qualche verso. Avevo iniziato per scherzo, a quattordici anni, poi è diventata una droga, come le seghe.

Quando arrivai in città iniziai a frequentare i bar sotto casa, ma di donne nei primi tempi non ce n'era nemmeno l'ombra. Se mi veniva voglia di scopare me la facevo passare con una sega o tuffandomi in qualche lettura. Il mio autore preferito era Baudelaire, ma mi divertivo molto anche con Hesse e monsieur Hugo. Amavo certi classici come amo il vino, e spesso confondevo le due cose perché entrambi i piaceri mi rapivano per giorni interi per poi riportarmi al punto di partenza quando meno me l'aspettavo. Per me era come stare a letto con una bella donna: più scopavo e più avevo voglia di scopare, più leggevo più avevo voglia di leggere. La differenza è che la letteratura non aveva controindicazioni. Quando finivo di bere nei bar, quando non riuscivo più a reggermi in piedi o a stare dritto su uno sgabello, andavo a casa e ascoltavo musica con un libro in mano. Stavo lì, tra la finestra e la radio, a sognare. Ero convinto che tutto quello che immaginavo fosse possibile. Ero sicuro che tutti gli stronzi che incontravo, tutti quelli che mi stringevano la mano con un filo di disprezzo, tutti quelli che mi chiedevano *Scrivi? cosa?* non fossero altro che demoni. Credevo di essere una specie di Gesù, tentato dal demone *società*. C'erano un sacco di diavoli che mi dicevano di andare a lavorare, di ingrassare le tasche dei già grassi, di pagare da bere a delle stronze convinte che essere fighe significa essere donne. Io me ne sbattevo di quell'inferno e vivevo nel mio paradiso fatto di pane, birra, vino e pagine imbrattate dalle poesie. A ogni modo, quando leggevo mi sfogavo e accumulavo così tante forze che alla fine potevo andare al bar e bere fino allo svenimento e uscire alle sei del mattino fresco come una rosa. Mi piaceva pensare di essere in compagnia dei miei autori preferiti. Li immaginavo lì appoggiati al bancone, o fuori a fumarsi una sigaretta mentre qualcuno di loro pisciava su una macchina parcheggiata poco lontano. Il peggio che mi poteva accadere era *sentirmi al massimo o sentirmi una merda*, come diceva un mio amico. Credevo che avesse ragione ma scoprii che c'era di peggio. In alcuni casi non sapevo se sentirmi un pezzente o un dio, come durante le serate che passavo con i miei coinquilini, Alessandro e Dario. Erano entrambi tipi asociali. Uscivano da casa solo per fare la spesa, per lavorare o per prendersi una sbronza al bar da Giuda. Alessandro era un musicista, un introverso che non amava sprecare le parole. Sosteneva che non era il caso di stancarsi tanto per dire poco, soprattutto con gente che non capiva un cazzo. Dormiva per la maggior parte della giornata, e quando si svegliava si faceva così tante canne che in un attimo si addormentava di nuovo. Quando gli girava prendeva in mano la chitarra e incideva un pezzo nuovo o lavorava a uno vecchio. Andò avanti così per mesi, finché non dovette trovarsi un lavoro, quello che lui chiamava incubo o schiavitù per gente come noi che adorava riflettere a oltranza. Nel weekend stava in casa, oppure suonava nei locali e allora io gli andavo dietro come un cane sempre ubriaco. Col passare del tempo non riuscimmo più a stare lontani l'uno dall'altro per più di un giorno. Andando dietro a lui scoprii che quella città era un circo pieno di vino e di belle donne. Lui suonava e io rimorchiavo finché non finiva lo spettacolo, quando toccava a lui rimorchiare, ma a quel punto io ero già cotto e avevo i gomiti conficcati nel bancone o in un tavolo ricoperto di bicchieri vuoti. Alessandro diventò per me un buon amico, un fratello, una di quelle persone che non ti dicono mai come vivere ma che te lo fanno intendere. Aveva trovato la formula della serenità: si faceva sempre gli affari suoi, dormiva molto, beveva quando c'era da bere, e non si lamentava mai delle donne che si portava a letto, a differenza di me. Il fatto è che lui non aveva alcuna aspettativa nei loro confronti, e considerava la sua vita come una stazione dove la gente andava e veniva, saliva e scendeva dai treni del destino, mentre lui se ne stava lì, buono buono, ad attendere il suo turno con la chitarra in mano. Ricordo che una mattina mi alzai e andai dritto in cucina in cerca della mia bottiglia di amaretto. Lì trovai lui e una ragazza intenti a chiacchierare, ma a me non fotteva un cazzo. Riempii tre bicchieri e li servii. Alessandro non fece molto caso a me, ma lei non riuscì a trattenersi dal sottolineare il suo punto di vista: "Grazie ma non mi pare il caso a quest'ora. "disse con un tono altezzoso da brava ragazza.

"Perché, ti sembra tardi?"

Non replicò ma mi sorrise dolcemente, rendendo ancora più carino quel visetto da pin-up. Mi resi conto che non avrei potuto evitare l'erezione mattutina, non con una sventola in casa, e soltanto allora mi accorsi che ero nudo. Andai in bagno portandomi dietro il liquore e mi feci una sega sotto la doccia, senza mollare la bottiglia. Quando tornai in cucina non trovai nessuno, ma la porta della stanza da letto era chiusa e dall'altra parte la dolce bambolina gemeva da far paura. Entrai nella camera dell'altro coinquilino, mi vestii con quello che trovai e andai al bar. Iniziai di nuovo a uscire con le donne. Conobbi Alessandra, una che pensava di masturbarmi in macchina grattando la patta dei miei jeans con le unghie. Dovetti tirarlo fuori e farle vedere quello che mi aspettavo da lei. Le spiegai che non era poi tanto difficile afferrare il cazzo e andare su e giù con la mano, ma lei non se la sentiva proprio, così le chiesi se per caso era la prima volta che vedeva un cazzo.

"Sì" rispose, e diventò rossa.

Era la prima volta. Povera.

Poi ci fu Chiara, che aveva la vagina più pelosa che abbia mai visto, simile a una nera e fitta boscaglia. La prima volta pensai che non ce l'avrei fatta a trovare il buco là in mezzo. Cercai di leccargliela ma non ci fu nulla da fare, la vergogna la bloccava. Finalmente un paio di settimane di sforzi diedero i loro frutti. Da *pompino schifo* finì col dire e fare le cose più improbabili. So che adesso vive in Inghilterra ed è diventata una specie di ninfomane. Succede sempre così con i soggetti repressi.

Una sera mi sbronzai tanto da autoconvincermi che il ballo potesse fare al caso mio e andai in una discoteca con una tipa. Neanche mi ricordo il nome... Giulia, mi pare. Iniziammo a ballare e io pensai che era normale mettere le mani sui suoi fianchi. Poi iniziai a toccarla un po' dappertutto e a baciarla, e finimmo con l'occupare il bagno delle donne. In un momento di pausa mi confidò che aveva deciso di lasciarsi andare quando le avevo messo le mani sui fianchi e l'avevo stretta forte. Il mio scopo era stato quello di farle sentire un po' di minchia, ma lei si era dimenticata di essere a gambe aperte in un cesso e aggiunse: "Nessuno mi ha mai stretta così come hai fatto tu."

Quella fu la prima e l'ultima volta che la vidi.

Di tanto in tanto, quando squarci di sobrietà attraversavano il mio cervello, giravo per la città in cerca di qualche lavoretto, altrimenti me ne stavo davanti alla tivù a mangiare kebab o a bere del rum in compagnia dell'altro mio coinquilino, Dario, un ragazzo barbuto che somigliava a Dostoevskij. Aveva il fare di uno di quei marinai che si vedono in certi vecchi film. Non parlava molto, in compenso aveva due occhi profondi che gli facevano da voce, erano torbidi e scuri, lenti come i suoi movimenti quando versava il rum nel bicchiere. A volte sembrava scrutare l'anima di chi gli parlava. Col tempo imparai a conoscerlo e scoprii in lui una bontà rara. Beveva solo rum e fumava in continuazione sigarette che si faceva da solo e mi insegnò a giocare a carte. Iniziai anch'io col rum e il tabacco e spesso e volentieri ce ne rimanevamo seduti lì a bere e a fumare fino alle prime luci dell'alba.

Una bottiglia dopo l'altra mi ritrovai senza soldi in anticipo sulle previsioni e non mi rimase che cercare un lavoro. I colloqui diventarono il mio passatempo. Passavo dai bar ai magazzini, dalle macellerie ai negozi d'abbigliamento, dai ristoranti alle fabbriche. Le aziende erano i posti peggiori. Appena varcavo la porta d'ingresso venivo osservato, ispezionato minuziosamente e catalogato, come una cavia da laboratorio. Una volta andai a portare un curriculum e una signora che faceva le pulizie mi fermò chiedendomi se lavoravo lì. Mi disse che sarei dovuto passare dalla reception prima di scorrazzare su e giù per i corridoi e che mi sarei dovuto tagliare i capelli. Ai colloqui per prima cosa mi chiedevano sempre la laurea. Iniziai a pensare di avere la faccia di uno che si era laureato, una faccia da professore, un mix tra un idiota acculturato e un cornuto astemio. Proprio quella.

Qui sotto, rispondevo ogni volta, poi me ne andavo sbattendo la porta. Dopo un paio di settimane passate a rinfocolare il mio odio nei confronti del lavoro tramite colloqui di ogni genere, pensai bene di rispondere a un annuncio sul web. Inviai il curriculum e risposi alla telefonata che arrivò il giorno dopo.

"Può cominciare da domani, se vuole. Altrimenti lunedì mattina, alle sette. Puntuale, mi raccomando"

"A lunedì" dissi tirando un sospiro di sollievo.

Ero stato assunto da un piccolo settimanale di propaganda per scrivere degli articoli sulla poesia e, perché no, alcuni brevi racconti. Ero entusiasta. Non sarebbe stato difficile perché non avrei dovuto fare altro che spulciare tra le vecchie carte, dove avrei trovato abbastanza materiale da soddisfare le richieste dell'editore. Dov'era la fregatura? In realtà dovevo sgobbare per un'azienda che spediva pacchi in tutta Europa, a detta di chi mi aveva assunto io ero l'uomo giusto per loro, ma quando il responsabile del personale lesse che ero capace di scrivere, mi propose di comporre qualche articolo per il giornale di un suo amicone, una rivista che si chiamava *Corriere Rosso*. Così, quando avevo uno straccio di racconto o due versi buttati a caso, li mandavo all'ufficio accanto a quello del mio capo reparto, e per il resto del tempo imballavo pacchi, li registravo e li caricavo sui furgoni. Non avevo nemmeno un giorno libero, e i soldi che prendevo mi bastavano a malapena fino alla fine del mese, ma quel che facevo mi eccitava e mi dava la forza di andare avanti. Quando vedevo di primo mattino gli operai e gli autisti, carichi di giornali e riviste di ogni genere, mi tornava la voglia di vivere e di farmi il culo. L'odore della carta da giornale è, per gente come me, paragonabile soltanto a quello di una bella figa bagnata. Certo, la forma è diversa, ma non per questo è meno attraente. Un giorno l'autista del furgone della ditta mi fermò e mi chiese se ero io quello che scriveva i saggi sulla poesia. Gli risposi di sì. Allora lui cominciò a parlarmi del suo lavoro, di sua moglie e di quanto era contento di averla sposata e di come ogni cosa, a casa sua, procedesse perfettamente. Non so perché lo fece, ma mi raccontò di come aveva iniziato come semplice fattorino e come, dopo dieci anni, era diventato il responsabile delle consegne. Quel tizio sembrava volersi prendere gioco di me, ma io non feci caso più di tanto al suo ghigno da idiota. Gli dissi che tutti i giorni, al lavoro, a casa, al bar e persino per strada io pensavo a una sola e unica cosa, che non me ne fregava niente di quel lavoro. Passavo anche dodici ore al giorno in quel posto, faticavo ad arrivare alla fine del mese, ma ero felice perché scrivevo e la gente leggeva i miei articoli. Non me ne fotteva un cazzo di cosa avrei potuto diventare in quella cazzo di azienda. Scrivere e nient'altro, questo era importante per me. Riuscivo a sopravvivere al lavoro soltanto grazie alla mia passione. Ammutolì, probabilmente chiedendosi che cazzo volessi dire, ma quell'idiota non mi avrebbe mai capito anche se mi fossi messo d'impegno. I miei colleghi e tutta quella gente che mollava la spugna di fronte a orari disumani e paghe da fame, non riuscivano a capire come mai io riuscissi a sopportare tutta quella fatica e quella pressione. Io semplicemente amavo ciò che facevo e per me non aveva soltanto un valore temporale o economico, ma quasi spirituale. Un tizio, dopo una settimana di duro lavoro, uno giusto e buono, mi strinse la mano e mi disse:

"Ehi, sei forte. Veramente! Ma non so come cazzo fai a resistere qui dentro".

“Per me è come farsi le canne, – gli dissi - per passare il tempo che non si sa in che modo sprecare. Vivo d’illusioni nitide, o roba simile.”

Il tizio non se l’aspettava quella frase.

“Cosa? Che film ti fai?”

“E' un po’ come un cancro benigno. Sai, quella roba che ammazza la gente ma che a volte non gliene frega un cazzo e se ne sta lì, buona buona, capisci? Mi sprona a vivere come non avrei mai fatto altrimenti.”

Così, tra i pacchi di cartone e l’odore di carta stampata, lavorai per ben un anno senza fermarmi nemmeno per mezza giornata. Non avevo bisogno di riposo o di una sera da confondere con la mattina, nel pieno di una bella sbronza che non arrivava da mesi. Da maggio a settembre lavorai tutti i giorni per non meno di sedici ore su ventiquattro e per il resto dell’anno mi feci dodici ore filate. Durante l’estate consegnai oltre venti poesie, una dozzina di racconti brevi e diversi articoli, tra cui uno che trattava di cucina thailandese e un altro in cui esprimevo il mio disgusto nei confronti degli autori contemporanei; e nel frattempo imballai, registrai e caricai oltre diecimila pacchi.

Sembrava andare tutto per il meglio fino a quando incontrai Elisabetta. Ricordo molto bene il giorno in cui la vidi per la prima volta. Era dicembre, faceva un freddo cane, e tutto appariva stupendamente poetico. Io avevo occupato un tavolino di un bar, nella parte vecchia della città. Stavo lì accanto alla finestra e fissavo la neve che si scioglieva nell’acqua del fiume mentre pensavo che avrei fatto bene a comprare una bottiglia di vino e tornare all'appartamento, ma subito dopo mi venne in mente che avevo le tasche vuote e un bicchiere di vino in mano ancora da pagare. La cosa migliore sarebbe stata quella di uscire senza pagare, ma quella sedia era così confortevole e il vino era così buono che rimasi lì seduto per un paio di ore. Almeno, questo era quello che pensavo. Elisabetta era dietro al bancone e di tanto in tanto i nostri sguardi si incrociavano, finché lei venne da me. Aveva i capelli corti ed era infilata in un paio di pantaloni aderenti neri di finta pelle. Tra le mani aveva un cavatappi che non smetteva di torturare. A un tratto mi sorrise e mi salutò con la mano, feci finta di non capire finché lei non raggiunse il mio tavolo e disse:

"Ciao."

"Ciao."

"Che fai di bello?" chiese arricciando il naso.

"Niente. Guardo la neve."

"Bello."

Pensai che non c'era nulla di bello nel guardare la neve. E poi chi guarda la neve che cade in realtà fa tutt'altro, come pensare o, al massimo, si fa investire dalla malinconia e da qualche ricordo. E se non è un ricordo, allora è una speranza.

"Senti un po', - disse arrossendo come fanno i bambini quando devono chiedere qualcosa - ti va di cenare con noi? Siamo due gatti e pensavamo di farci compagnia. Lo staff e i clienti. Insomma, ci siete solo tu e la coppietta lì in fondo. Ti va?"

Guardai nell'angolo della saletta e vidi una coppia che si teneva per mano mentre beveva una birra da litro. Al bancone un grasso e buffo bengalese portava in testa una cuffia da cuoco e mi rivolgeva un sorriso da pagliaccio, sembrava una foca. Alzò il pollice e mi fece l'occhiolino. Qualcosa mi diceva che dovevo accettare e così feci.

"Ok. Per me va bene. Perché no?"

"Perfetto. Io mi chiamo Elisabetta ma puoi chiamarmi Eli. E tu?"

"Paolo. Piacere."

Mi prese per mano, mi accompagnò al tavolo e ci sedemmo uno accanto all'altra, in compagnia dei suoi colleghi e della coppia d'innamorati. Inizialmente ci fu uno stringersi di mani confuso e una serie di sorrisi da idioti, finché iniziammo a mangiare e gli altri cominciarono a parlare. Io non facevo altro che arrotolare gli spaghetti sulla forchetta per poi ficcarli in bocca cercando di non macchiare la camicia. Non sapevo che dire a tutti quegli sconosciuti, e preferii ascoltare le loro stronzate. Discutevano di lavoro e di un paio di compleanni che avevano festeggiato nel locale, nulla più. Io me ne stavo al mio posto a pulire il piatto con un crostino di pane e a fissare le mani di Elisabetta. Mi sembrò di non aver fatto altro durante la cena. Probabilmente avevo iniziato a fissare quelle mani nel momento in cui avevo appoggiato il culo sulla sedia. Erano magre e piccole e le unghie erano colorate di un nero acceso. Ricordo che avevamo iniziato il pasto con il vino, poi c'eravamo scolati un paio di birre a testa e qualche vodka-tonic. Ogni sorso per me era un rimprovero, un consiglio, una pacca sulla spalla che mi permetteva di fare un passo in più, come quello che tento di fare in sogno mentre un cane demoniaco cerca di sbranarmi le caviglie. Quel cagnaccio si chiama figa e io non riesco mai a seminarlo, nemmeno quando mi sveglio. Quella ragazza possedeva un'arma letale, un'arma evoluta da millenni, una cosa troppo potente perché potesse essere ignorata da un eterosessuale come me: la vagina, perciò, terminata la cena, andammo nell'appartamento di una sua amica. Non ricordo come accadde ma finimmo con lo strisciare nudi nel letto. Le sue dita si erano aggrappate a ogni parte del mio corpo, avevano sfiorato i miei capelli, si erano avvinghiate alle mie orecchie e mi avevano graffiato il collo, come fanno i gatti quando si limano le unghie sui divani. Le sue cosce sembravano fatte di ferro e le sue grida mi facevano pensare che avrei potuto darci dentro per un paio di giorni di fila. Stare tra le sue gambe fu come salire su un treno in corsa diretto verso una città della quale avevo solo sentito parlare. Il giorno dopo mi svegliai in una mansarda piena di legno e di buchi sul soffitto, da dove sgocciolava l'acqua. Avevo una sensazione strana, come se fossi stato tra lei e l'infinito. Mi piaceva, anzi, mi faceva impazzire quella Eli. Sembra una cosa da pazzi o da stronzi sentimentali, ma tra me e Elisabetta si era acceso un fuoco particolare, eravamo come due lupi che si erano incontrati nella stessa favola. Sono sempre stato convinto che esistono due modi per conoscere una persona, il primo è osservarla mentre mangia, il secondo è andarci a letto. Quella notte, tra sesso e cena a base di pasta e sbornia, avevo capito molto di Eli. Quello stesso giorno le sue parole e la voglia che avevo di rivederla mi spinsero a chiedere il mio primo giorno libero. Credo che nella vita di un uomo ci siano cose che hanno un valore materiale e una certa importanza, come il lavoro, ma possono essere facilmente barattate con il sorriso di una donna, con un suo bacio o un po' delle sue parole, e quel mattino io fui prossimo a barattare la mia precaria sicurezza. Uscimmo da casa facendo le scale in un lento tip-tap. Non c'erano vicini curiosi, soltanto qualche sacco della spazzatura davanti alla porta d'ingresso del condominio. Ci lasciammo poco dopo con la promessa di rivederci quella stessa sera. Due ore dopo entrai nell'ufficio del capo, sicuro che stavo per fare una cazzata.

"Buon giorno, Signor Barretta, avrei bisogno di una giornata libera, per riposare un po' e sbrigare un paio di faccende."

"Cosa? Cosa, cosa?"

Il tizio si mise a urlare dimenando le mani in aria come se gli avesse preso fuoco la camicia.

"Le sembra, signor Paolo, le sembra che io possa permettermi di darle ferie come le pare e piace? Si rende conto che io non mi prendo uno straccio di giorno libero da oltre dieci anni?"

Il tizio era andato su tutte le furie e sembrava uno di quei pazzi che si vedono alla tv durante le telecronache sportive. Quello che pensavo di lui era chiaro e conciso, ma non potevo esprimerlo a parole, altrimenti avrei perso il posto. Continuai a fissarlo per qualche secondo mentre lo insultavo in silenzio. Quel brutto e grandissimo figlio di una puttana, con tutti i soldi che si ritrovava sotto il culo, avrebbe potuto pagarmi il doppio e avrebbe comunque vissuto di rendita per almeno altri cent'anni, ma le sue mani di merda erano così piccole e le sue braccia così corte che faceva persino fatica a pagare le puttane che si scopava! Stronzo!

"E pensare, - aggiunse sbuffando, con aria delusa – che la stavo per promuovere. Capo reparto! Proprio ora che avevo bisogno di lei! Le ho dato la mia massima fiducia, e lei mi ripaga così! Vero?"

In quel momento avrei voluto essere solo con lui nel mezzo di un deserto per poterlo sbudellare con un cucchiaio da minestra.

"Non ha nulla da dire?"

Continuava a fissarmi toccandosi nervosamente la cravatta.

"No, signore. Mi scusi."

Mi vergognavo di me stesso perché sentivo di aver tradito la mia dignità di uomo libero. In quel momento, davanti a un uomo che odiavo fino al midollo, capii di essere uno dei tanti che lavorano il doppio in cambio della metà soltanto perché la sua azienda e il culo dei suoi operai vivevano nello stesso paese, in un paese corrotto ed ingiusto.

"Allora torna al lavoro." disse con arroganza.

Tornai al mio posto a testa bassa, sempre più disilluso e sdegnato con me stesso. Finito il mio turno andai a casa, mi lavai, mi cambiai, e andai a ubriacarmi con Eli in un bar poco lontano da casa. Mentre bevevo, pensavo che dal momento in cui mi ero svegliato in quel maledetto albergo di Venezia, il giorno in cui avevo promesso a me stesso che avrei fatto qualcosa della mia vita, non era cambiato un cazzo, anzi. Tutto era continuato come sempre, ero sempre sbronzo, mi spaccavo la schiena per bere e mangiare e mi scopavo una che aveva già delle pretese. Eli avrebbe potuto soffrire di qualche malattia, essere una di quelle che si bucano e non si fanno problemi a trasmettere le proprie complicazioni di salute, ma io non me ne preoccupavo. Certo, conoscevo da poco quel diavolo di donna, ma l'avevo capita da subito. I suoi occhi la tradivano e, per quante cazzate potesse sparare la sua bocca, il suo sguardo non poteva fare altro che dire la verità. A lei non piacevano i miei difetti né quello che possedevo, Eli apparteneva a quella schiera di donne affamate di romanticismo e di cazzo allo stesso tempo. Lei viveva come se tutta la vita fosse un film e credo che fosse questa la ragione principale per la quale andavamo d'accordo, perché io facevo lo stesso. Le piaceva qualcosa di me che nemmeno io conoscevo. Si divertiva a vedermi esaltato, carico di alcol, sbronzo e filosofeggiante, e quando scopavamo mi diceva di parlarle, di parlarle persino mentre dormiva, e poi voleva scopare. Io obbedivo, la scopavo e parlavo. Facevo il minimo indispensabile nella vita di uno scrittore e a lei andava bene. Eravamo arrivati alla quarta bottiglia di vino quando il telefono di Elisabetta cominciò a squillare.

"Sì, pronto?… No, a casa… Va bene. Ciao."

Mi guardò sorridendo, mi accarezzò il viso e mi chiese scusa.

"Amore, devo scappare. Mi hanno chiamata dal lavoro e non posso non andare. Sai com'è."

Le sorrisi e la baciai, come uno di quegli uomini innamorati in certi film drammatici. Facevo molto bene la mia parte.

"Vai. Ti aspetto a casa mia stasera. Sennò ci sentiremo domani "dissi toccandole le labbra sottili.

"Vorrei tanto stare con te, pensami. Se vuoi, puoi passare domani a trovarmi. Ciao."

Prese la borsetta e il cappotto e sparì dentro un tassì. Sapevo che Eli non doveva andare a lavorare ma non ci pensai più di tanto, rimasi nel locale ad aspettare l'inizio di un live di musica rock. Un gruppo di ragazzi strafatti si stava preparando per suonare dei pezzi dei Led Zeppelin, dei Rolling Stones e dei Beatles. Erano presi dalla musica e dalla droga, ma sapevano suonare, abbastanza in gamba da accompagnarmi durante una serata a base di whisky. Ordinai una bottiglia di Jack e feci passare tre ore mentre i Cadillac Gangsters si esibivano davanti a una folla di donne e uomini immersi in sogni alcolici e in preda alla cocaina. Tutta quella gente se ne stava lì, chi amareggiato e chi stanco, chi ubriaco e chi euforico, tutti con i loro sensi di colpa, le loro speranze e una giornata da finire. Io ascoltavo quella buona musica e lasciavo che i miei sogni si infrangessero su un cubetto di ghiaccio rinchiuso in un bicchiere di vetro. Dal bagno c'era un continuo viavai di persone che andavano a farsi un colpo sulla tavoletta del cesso; a un certo punto un tizio uscì con i pantaloni abbassati e svenne davanti a tutti, ma nessuno se lo cagò a parte un paio di tizi e una tipetta alta quanto uno sgabello. Non ci sarebbe stato altro modo di pisciare se non andando nel parcheggio del locale, così, verso l'una, alzai il culo. Tutto sembrava andare secondo i miei piani, ero sbronzo, avevo fregato una bottiglia di vodka dal bancone e avevo detto al barista che avrei pagato il conto l'indomani, appena mi davano i soldi al lavoro; dovevo solo svuotarmi la vescica. Il parcheggio era buio, pieno di macchine, e stava iniziando a piovere. Dovevo sbrigarmi a pisciare se non volevo tornare fradicio a casa. Tirai fuori l'uccello e aprii il rubinetto. Non credo ci sia sollievo maggiore di quello di una sana pisciata sulla strada prima di tornare a casa, ubriaco e stanco. Me la stavo godendo tutta, infinita, calda, confortante e risollevante. Nulla poteva distruggere quella magia, quello stato di benessere e calma, nulla se non delle urla di donna. Sembravano provenire da pochi passi di distanza, ma non riuscivo a vedere niente a causa del buio fitto. L'unico lampione acceso era in strada, dall'altra parte del parcheggio, troppo distante per illuminare dalla mia parte.

"Ehi, che cazzo succede?" gridai.

Mi stavo incazzando perché mi si era bloccata la pisciata e non avevo ancora scorreggiato. Le urla continuavano sempre più forti e non potei fare altro che pensare a uno stupro. Accesi il telefono per poter almeno vedere dove mettevo i piedi e andai verso le grida. Notai un bastone tra le erbacce e lo raccolsi.

"Che cazzo succede?" urlai a voce così alta che mi sembrò mi scoppiassero le tempie.

Le grida si fecero ancora più acute: "Sono qui, mi aiuti per favore!"

Ero sempre più convinto che si trattasse di una rapina o di uno stupro. Come per miracolo, tornai sobrio in un istante.

"Che cazzo succede. Chi c'è?" continuai a urlare mentre agitavo il bastone di fronte a me. Un attimo dopo tre uomini mi si pararono di fronte all'improvviso e uno di loro m'investì in pieno. Caddi a terra rotolando su me stesso. Mi alzai di scatto e vidi che i tizi erano già lontani, su una macchina a fari spenti lungo l'unica strada che portava al parcheggio. Per un attimo l'adrenalina mi aveva fatto dimenticare la voce femminile che avevo sentito, ma un altro urlo mi fece balzare come un coniglio spaventato.

"Aiuto! Vi prego, aiutatemi!"

Raccolsi il cellulare che mi era caduto a terra quando il tizio mi aveva travolto, e iniziai a muovermi in direzione delle urla.

"Non preoccuparti. Andrà tutto bene. Vengo a prenderti. Se ne sono andati".

"Sono qui, ti prego aiutami!"

Pochi passi dopo vidi una donna inginocchiata tra due macchine, strisciò ai miei piedi e mi abbracciò piangendo.

"Va tutto bene, non piangere" dissi, e intanto pensavo: *Cazzo, che gran figli di puttana prendersela con una donna, in un parcheggio, ma ora devo calmarla.*

Avrei voluto chiamare la polizia ma anche se avessi sporto denuncia loro avrebbero continuato a grattarsi le palle, seduti sulle poltrone dell'ufficio o sulla volante. Dovevo solamente tranquillizzare quella donna e riportarla a casa. Quel che avrebbe fatto lei erano affari suoi.

"Alzati! - le dissi - Ti porto a casa. Sei ferita?"

Non mi rispose ma continuò a singhiozzare, senza mollarmi le gambe nemmeno per un secondo.

"Ehi, dimmi qualcosa. Stai bene? Sei ferita? Devo portarti all'ospedale?"

"No, no all'ospedale. Sto bene! Non preoccuparti!"

La presi per le braccia e la feci alzare.

"Puoi camminare? Ti accompagno a casa?"

Mi strinse le braccia al collo e solo in quel momento mi accorsi che era nuda, tremante.

"Ti porto all'ospedale. Non stai bene."

Si strinse a me continuando a ripetere che non voleva andare all'ospedale. Non sapevo cosa fare e allora le chiesi se voleva che la accompagnassi a casa, ma non mi rispose. Non c'era nulla da fare, era sotto choc e che non potevo fare altro che portarla nel mio appartamento finché non si fosse ripresa, non avevo altra scelta. Mi tolsi il cappotto, la coprii e la portai a casa mia. Singhiozzò senza dire una parola finché la distesi sul letto, per fortuna prese sonno subito. Io andai in cucina, con un coltello staccai del ghiaccio dal congelatore e mi riempii il bicchiere con la vodka rubata al bar. Alla tivù non davano niente, c'erano solo noiosissime repliche di reality per gente lobotomizzata, o delle proposte d’acquisto. Tra una televendita e l’altra poco a poco chiusi gli occhi, alla luce della luna che mi scaldava sul divano, e dormii come un bambino.

***

IV

"Buongiorno. Hai dormito tanto. Ti ho preparato la colazione."

Un magnifico sorriso le splendeva tra gli zigomi arrossati. Era dolce e insieme buffa, avvolta nel lenzuolo bianco col quale l'avevo coperta, da dietro la sua schiena spuntava la camicia azzurra che avevo indossato la sera prima.

"Stai guardando la tua camicia, vero? Prometto che te la riporterò lavata e stirata. Te la sei dimenticata sul letto. Stamattina non avevo nulla da mettermi così ho preso questa! Ti ho preparato la colazione e ho stirato la montagna di roba che avevi lasciato in camera."

Fece cadere a terra il lenzuolo e s'infilo nella camicia, raccolse gli angoli inferiori e la sollevò con la punta delle dita fino a scoprire completamente le ginocchia pallide, come fanno certe ballerine. Sorrideva in un modo così grazioso! Non potevo dirle nulla. Quella sconosciuta aveva stirato, preparato la colazione e pulito la cucina; per la prima volta in sei mesi sentivo profumo di pulito in quel buco maleodorante. Soltanto io puzzavo, vestito con gli stessi stracci della notte prima e con gli stivali addosso.

"Beh, fa come vuoi. Io vado a farmi una doccia."

Arrossì e replicò: "Ti aspetto, intanto finisco di lavare i piatti."

"Non credi che sia meglio che tu vada in ospedale, o a casa? Ti accompagno volentieri se non te la senti di andare da sola."

“No, grazie. - disse senza girarsi e continuando a lavare i piatti - Aspetto che ti fai la doccia e poi parto. Fai con calma, ho ancora un po’ da fare qui.”

“Non serve che tu mi pulisca l’appartamento, tornerà com’era prima in men che non si dica.”

“Sono in debito con te. – disse - È il minimo che possa fare per sdebitarmi. Dai! Fatti la doccia. Non devi andare al lavoro oggi?”

Mezzogiorno era passato da mezz’ora, e non stavo pensando nemmeno lontanamente al lavoro. Un peso che mi portavo appresso da mesi sembrò cadermi di dosso appena dissi a me stesso che non me ne poteva fottere di meno. Anzi, decisi che non sarei più andato a lavorare in quel posto di merda per la miseria che mi davano. Chi cazzo me lo faceva fare? Avevo lavorato abbastanza da ottenere la disoccupazione, e questo era ciò che volevo. Avrei avuto sei mesi per non fare un cazzo, se non scrivere e bere. Ecco di cosa avevo bisogno: di scrivere e di bere.

“Certo. Vado a farmi una doccia. – risposi - Tu non scappare. È un sacco di tempo che non ho compagnia a colazione.”

Dieci minuti più tardi ero seduto a un tavolo apparecchiato con uova, speck, marmellata e formaggio in abbondanza. Una colazione del genere non la facevo da quando ero bambino, rifocillato da una mamma sempre in pensiero per quel suo figlio che sarebbe diventato un adulto fallito.

"Non mangi?" chiesi. Il suo sorriso sembrava portare un'aria fresca, invisibile ma contagiosa.

"Prego" aggiunsi facendole cenno di sedersi.

"Grazie. "Arrossì e disse ancora: "Buon appetito."

"Anche a te."

Mangiammo in silenzio, con le teste basse e la sola compagnia dei rumori della città che entravano in casa dal terrazzino sulla strada. Ogni tanto lei spostava i capelli che le cadevano sugli occhi e li arricciava dietro l'orecchio. Un paio di volte si fece sfuggire un piccolo sorriso a bocca stretta che mi emozionò, non so come e perché. Mi hanno sempre fatto un certo effetto le donne come lei, che si mordono le labbra quando ridono. Quando fummo sazi entrambi lei si alzò e cominciò a sparecchiare.

"Lascia stare, ti prego. Hai già fatto abbastanza" le dissi sorridendo.

"Non preoccuparti, sono cose da niente. È un piacere. Mi sento ancora in debito con te."

Afferrai il suo braccio magro e bianco e le feci appoggiare i piatti sul tavolo.

"Davvero, non c'è ne bisogno. Pulirò oggi pomeriggio. Non devo lavorare oggi, almeno farò qualcosa per ammazzare il tempo. Ti prego."

"Va bene. Come preferisci."

"Ti accompagno a casa – dissi – o dove vuoi. "

"Non c'è problema, sto bene e posso tornare da sola. Non preoccuparti."

Quelle parole dette con un leggero tremolio della voce m'intenerirono, e la vista di quella donna graziosa, che si stringeva nelle spalle magre, mi rattristò. In quel momento mi venne voglia di afferrarla per il collo e di baciarla, come se fosse da un'eternità che la baciavo.

"Vorrei solo chiederti di prestarmi la camicia e un paio di pantaloni. Te li riporterò lavati e stirati. Giuro."

"Non ti preoccupare. I pantaloni li trovi nell'armadio. Vado a mettermi le scarpe e poi andiamo."

"Va bene."

Fuori di casa mi saltò al collo e mi abbracciò.

"Grazie. Sono in debito. Sei un vero gentiluomo."

Mi baciò sulla guancia e mi sorrise come aveva fatto al mio risveglio. Era bellissima. Tutto sembrava più bello fuori dalle quattro mura ammuffite dove abitavo, e lei era molto più bella di quanto avessi potuto immaginare. Era la prima volta che la guardavo attentamente in viso e mi stupii di come riuscivo a sentirmi a mio agio tra le braccia di quella sconosciuta che mi sorrideva come a un amico che conosceva da una vita.

“Senti, non mi devi nulla. Chiunque avrebbe fatto lo stesso al posto mio, chiunque tranne i tizi di ieri.”

Il suo volto si coprì con un’ombra che non mi piacque.

“Scusa. Non volevo.”

“A presto. E grazie ancora.”

La sua mano scivolò lentamente fuori dalla mia e di lei sparì anche il volto dolce e malinconico.

Tornai a casa passando dal bangla market a comprare una bottiglia di Dès Antilles. Mi ricordai che non ero andato al lavoro e non avevo chiamato per avvisarli che non avevo più intenzione di andarci. Chi se ne fotte! Pensai, le cose non sarebbero cambiate, sicuramente non in meglio. Era ora che me ne andassi da quel postaccio, avrei preso gli ultimi soldi e mi sarei fatto un paio di mesi a bere e a scopare con Elisabetta. Non mi serviva altro, almeno così pensavo. Ci avevo riflettuto bene ed ero sicuro che non avrei mai avuto un futuro dentro quel posto, né come giornalista o scrittore e nemmeno come magazziniere. Che ridere! Magazziniere! Avrei dovuto leccare il culo al capo chissà per quanti anni, avrei dovuto sopportare l’umiliazione di essere sfruttato senza lamentarmi mai, costantemente sobrio e nell’attesa di un aumento che sarebbe arrivato soltanto con un aumento delle ore di lavoro. Non mi andava quella prospettiva.

L’indomani mi presentai davanti alla scrivania del capo, che quando entrò e mi vide si mise a urlare.

"Si può sapere che cosa ha in testa lei? Io le offro un'opportunità per crescere, migliorare la sua situazione economica, le do la possibilità di fare carriera nella mia azienda e lei non si presenta al lavoro, non chiama e la trovo il giorno dopo nel mio ufficio, in pantofole! È impazzito?"

Prese fiato, si portò le mani ai fianchi e tirò un sospiro che esprimeva tutto il suo disprezzo per me.

"È ubriaco, per caso? Si guardi: è venuto al lavoro in ciabatte!"

Quella voce stridula e i gesti convulsi delle sue braccia secche mi facevano dare di matto. Ero talmente nervoso che gli avrei sparato volentieri una dozzina di graffette in faccia per fargli chiudere quel cesso di bocca. Continuava a sbraitare.

"Torni a casa, si cambi, e si metta al lavoro. Non voglio che una cosa del genere capiti mai più! Ci siamo intesi? Lei è qui per lavorare, non per divertirsi! Gesù santissimo, io ho un'azienda da mandare avanti!"

Non ce la facevo più. Quell'uomo senza palle, imprenditore senza anima e privo del minimo rispetto per la gente che gli riempiva le tasche con il sudore del proprio lavoro, se ne stava lì a fissarmi, probabilmente convinto che me ne sarei andato per poi tornare come mi aveva ordinato. Che cazzo, non poteva andare avanti così! È vero, ero sbronzo, ma i miei pensieri erano sobri, semplici e giusti, così mi spiegai nel miglior modo che conoscevo.

"Ascoltami bene testa di cazzo! Non intendo farmi offendere da una mezza sega come te per quello che tu chiami stipendio e io definisco schiavitù. Se non l'hai capito da solo allora te lo dico chiaramente: mi licenzio!"

Gli occhi sembrarono scoppiargli fuori dalla testa. Prese una delle sigarette sparse sulla scrivania e la accese. Le mani gli tremavano mentre cercava di replicare.

"Non può farlo!" Sbottò alla fine.

"Certo che posso, testa di cazzo!"

"Mi deve dare il preavviso, altrimenti non la pago! Ha capito? "

"Preavviso? Non mi paghi? Sai che cosa faccio, ora?"

Impallidì, e gli occhi infossati sotto la fronte bassa s'immobilizzarono all'istante in attesa di quello che avrei detto. Mi alzai di botto e tirai un calcio alla sedia, che finì per spaccare la vetrina all'angolo.

"Io ora esco, vado a bere un caffè al bar qui sotto. Se quando sarò tornato dal bar non troverò un assegno con l'ultimo mese, gli arretrati, le ore in più e le ferie e perché no un bonus per l'impegno extra, verrò a spaccarti il culo e giuro che lo faccio. Andrò dai sindacati e poi dalla finanza per denunciare tutto quello che mi viene in mente, dall'evasione fiscale alla mancanza di diritti e di sicurezza sul luogo di lavoro. Cosa ne pensi? Che i miei colleghi non diranno una parola? Ti sbagli. Dovevi almeno dargli il giorno libero. Sai, qui ti odiano tutti ma sono costretti a sopportarti perché c'è chi ha una moglie e chi una ex da mantenere, chi dei figli, chi un mutuo, chi questo e chi quello, perciò non possono ribellarsi. Io non ho nulla, non ho nulla da perdere perciò stammi bene a sentire, testa di cazzo! Vengo qua con una tanica di benzina e brucio te e questo buco di merda che tu chiami azienda."

Spinsi la sua scrivania del cazzo e la rovesciai a terra, al contatto con le piastrelle le gambe di ferro produssero un suono acuto. Non disse una parola, la sigaretta era consumata a metà, immobile tra le sue labbra.

"A dopo. - continuai - Ah, dovrebbero essere intorno ai cinquemila euro. Se non trovo l'assegno tra mezz'ora, ricordati che brucio te e questo posto e poi vado dalla finanza. Decidi tu. Stronzo!"

Mi chiusi la porta alle spalle e scesi al bar. Dieci minuti più tardi arrivò il responsabile del mio reparto e mi lasciò una busta con l'assegno. Mi disse di non farmi vedere mai più. Mi veniva da ridere, aveva un'aria da duro ma in realtà era un lecchino di prim'ordine. Avrei voluto spaccargli la faccia a forza di pugni ma era troppo stupido per capire persino la violenza.

"Sissignore!" Risposi ridendogli in faccia. Lo presi per la giacca e gli dissi all'orecchio che il suo capo sarebbe dovuto passare dal bar, perché il caffè e la grappa li avevo messi sul suo conto. Feci un cenno al barista che cercava di restare serio e mi levai dalle palle. Passai dalla banca, incassai l'assegno e subito dopo me ne andai a casa, contento come un pascià. Avevo in tasca ben settemila euro in contanti, la disoccupazione per sei mesi e una certa voglia di sparire dalla faccia della terra. Il giorno dopo abbassai le tapparelle, era tutto pronto: avevo un cartone di whisky, un paio di casse di birra e abbastanza alimenti in lattina da riempire l'intera credenza della cucina. Pensavo che sarei potuto sopravvivere per un mese senza uscire da casa, ma ero ancora un animale socievole, almeno abbastanza da scendere le scale del palazzo, fare qualche passo ed entrare da Giuda. La monotonia della solitudine mi aiutava a concentrarmi, e scrivere è uno di quei lavori che richiedono la massima concentrazione, rompere la monotonia significava scolarsi un paio di caraffe di rum cola e sentire un paio di storie di altrettanti falliti, per poi tornare a casa e ritrovare me stesso, in compagnia di qualche demone intento a rosicchiarmi il cervello come fosse un cracker. In quel modo passò un mese della mia vita, tra pile di libri, fogli pieni di scarabocchi, seghe, litri di alcol e la compagnia di una parte di me che stavo scoprendo di avere, e che amavo e odiavo allo stesso tempo. Ogni tanto Eli veniva a trovarmi e scopavamo fino alla nausea, direi che addirittura avevamo iniziato a fare l'amore. Sapevo che presto o tardi non si sarebbe fatta più vedere, o che mi avrebbe nauseato a tal punto da non poterla più guardare in faccia, ma in quel momento era la mia musa, la puttana che mi faceva battere forte il cuore e drizzare l'uccello quando e come le pareva. Quando finivamo di baciarci, di stare l'uno nell'altra e di insudiciare le lenzuola, allora lei s'inventava di dover scappare al lavoro o da sua sorella. Quando rimaneva, invece, si distendeva sul divano, con una mano penzolante verso terra e l'altra appoggiata sullo stomaco. Le sue gambe erano sempre in bella vista, ricoperte di sudore. Le gambe erano il suo punto forte. A volte sembrava che lo facesse apposta a metterle in bella mostra. A volte mi convincevo di aver vissuto fino a quel momento solo per poterla vedere in quelle condizioni, nuda e fradicia come una buona bottiglia di vino, che mi ispirava poesie sulle sue cosce. Sarei andato volentieri all'inferno per quei pilastri di granito rosa pallido. Giuro! A volte la svegliavo per fare di nuovo l'amore, altre volte scrivevo perché per me fottere e scrivere erano la stessa cosa, Non erano dei semplici piaceri. Il piacere fine a se stesso è per pederasti, o per uomini senza spina dorsale. A differenza loro, io trovavo che la fonte del piacere fosse superiore al piacere stesso. Per questo scrivevo soprattutto quando la vedevo addormentata sopra il letto sudicio o sul divano graffiato dal gatto. Dopo qualche ora di sesso bevevo e scrivevo per sopportare quel che provavo per lei. Mi ero fatto una mezza idea di che razza di strega fosse e sapevo bene che non dovevo innamorarmi di lei. L'adoravo perché era squallida ma vera, a volte mi faceva incazzare e mi divertivo a scoprire le sue bugie senza rinfacciargliele. Quando la guardavo mi venivano in mente le puttane che incrociavo nella zona industriale. Avevo sempre voglia di baciarla, di affogare la mia faccia tra le sue chiappe, e quando tutto finiva non potevo fare altro che restare sveglio a guardarla lì, addormentata sulla mia parte di letto. Sorrideva come una bambina e dormiva come un angelo scolpito nel marmo, ma quando la svegliavo lei mi spingeva e si girava dall'altra parte dicendomi di smetterla. “Stronzo“ mi diceva ogni volta. Era difficile da trattare. Era una di quelle donne che esigono molto senza chiedere niente. Stare con lei era come stare con un mendicante che non voleva abbandonare la vita di strada. A volte si nascondeva in bagno per piangere, poi tornava a letto abbracciandomi come se fossi stato l'unica cosa che possedeva. Altre volte fingeva di non incontrarsi con altri uomini, ma lo faceva così male che non provavo nemmeno a interrompere le sue lacrime di coccodrillo. Mi divertiva vedere tutte quelle emozioni, per metà sincere e per l'altra metà corrotte da chissà quale piano diabolico che aveva costruito nella sua testolina. Pensai più di una volta di mandarla a quel paese, ma non ci riuscivo. Non ci promettevamo amore eterno, non ci dicevamo frasi sdolcinate mentre montavamo una sopra l'altro, perché non volevamo mentirci a vicenda, eravamo abbastanza sinceri per quanto riguardava certe cose. Non sapevamo che fare con la misera parola amore nel bel mezzo di tutti quegli orgasmi pieni di sudore. Forse era l'unica cosa vera tra me e lei. Forse davvero ci amavamo, e non riuscivamo a essere romantici perché, forse, l'amore è capace di abituarsi a tutto tranne che alla felicità. Per noi l'amore era noia e insoddisfazione. Eravamo come treni che si erano incrociati in una delle tante stazioni della vita ma che non avrebbero mai corso sugli stessi binari. Ci piaceva scopare e parlare a vanvera del futuro, come se avessimo le carte giuste per vincere ogni sfida. In poche parole confondevamo i sogni con la realtà, sogni talmente reali che nemmeno chi mi conosceva avrebbe potuto dire che non si trattava di illusioni. Confondevo quello che Elisabetta era con quello che desideravo fosse per me, finché una sera, un giovedì, mentre mangiavo la pastisada de caval, quella stronza si sedette al mio tavolo senza salutare, senza chiedere se stavo bene o no e, soprattutto, senza sapere che, in fondo, la detestavo e che non mi piaceva l'idea di mangiare in sua compagnia.

"Ciao. Come mai ti ubriachi da solo ultimamente?"

Quel suo sorriso, malizioso e fottutamente falso, m'innervosì a tal punto che per un attimo immaginai di inchiodarle la mano destra al legno del tavolino usando il coltello da carne.

"Che cazzo vuoi?"

"Nessuno ti ha insegnato l'educazione? È così che si parla a una donna dalle tue parti?"

"No. Ma tu sei lontana dall'essere una donna. Al massimo puoi definirti cagna, o spugna o entrambi. Vattene. "

Mi fissò per un attimo e replicò con aria da saputella: "Hai solo bisogno di amore."

"Come tutti."

"Ma tu di più."

"Come tutti."

"Tu hai bisogno soprattutto di quello!"

"Conosco un sacco di gente che ne ha bisogno, che ha bisogno soprattutto di amore. Ma non è come pensi tu, non è un difetto."

"Dovresti smettere di bere."

"E tu dovresti avere più coraggio."

"Bere ti da coraggio?"

“No, ma mi fa pensare che non esistano persone come te.”

I suoi occhi si aprirono a dismisura e gli angoli della bocca le caddero in basso come quelli di un boxer. Era orribile perché i suoi occhi dicevano la verità, era bella perché il suo sorriso mentiva. Eli era una di quelle persone dalla molteplice personalità, egualmente disturbata in ogni sua ramificazione, ma era anche una ragazza abbastanza sana da fare la troia. Aveva delle mani piccole, ben curate, il culo magro, spalle ossute e labbra sottili come lame. I suoi occhi erano una vera meraviglia, il suo sguardo ipnotizzava tutti. Alcuni la odiavano perché possedeva un'innata predisposizione alla menzogna e aveva tante facce quante erano le persone che incontrava. Amava vestirsi bene, farsi accompagnare da uomini molto più vecchi di lei su e giù per la città, per farsi sbattere e bere gratis. Quando riusciva a conquistare un uomo si sentiva una regina. Li usava, tutti, per sentirsi appagata, credo persino per illudersi d'essere amata. A volte mi faceva pena ma non gliel'ho mai detto. Alla fine lo avrebbe capito da sola.

“Cosa ti sei ridotto a mangiare? Dai, vieni a casa mia, ti preparo qualcosa di decente” disse.

Quando cercava di prendersi cura di me lo faceva soprattutto perché si sentiva sola, e sapeva che io non l'avrei usata come facevano gli altri, ma non voleva capire che io non ero un giocattolo e nemmeno una cura per la sua solitudine. Non so che cosa mi successe, ma ne avevo le palle piene di far finta di non sapere che cosa combinava in giro.

“No, grazie. Preferisco questa merda a quello che mi offri tu. Questo lo pago e ha un prezzo ragionevole, onesto. Da te non ho mai avuto nulla, e non ho dato mai nulla senza pentirmene."

"Che stronzo!"

"Che cosa sei venuta a fare qui? Non mi aspettavo di trovarti qui."

"Perché? Non frequento solo i locali del centro! – sorrise toccandosi i capelli corti, quasi volesse vantarsi di quello che aveva detto – quelli che tu chiami i locali dei fighetti!"

La sua voce m'innervosiva, ma mai quanto quel suo modo di fare, altezzoso e vanitoso.

"Pensavo che avessi da fare stasera. Ti immaginavo al tavolo di un ristorante di lusso con qualcuno dei tuoi amici, con del pesce davanti."

"Lo sai benissimo che non mi piace il pesce!"

"So benissimo che lo mangi pur di farti notare. Forse perché non lo paghi tu. Non con i soldi."

Prese la borsa che aveva sulle gambe e la appoggiò bruscamente sul tavolo.

"Bene, se la metti così, me ne vado, ma non venire a cercarmi, stai pure con le tue troiette. E guardati, sei proprio uno sporco ubriacone! Sei sporco lercio e ubriaco!"

"Io con una doccia torno lindo. Te invece bisogna raschiarti dentro con la benzina e lo scalpello."

"Che cosa hai detto? Come ti permetti? Tu hai finito con me!"

Tolse la mano dalla tasca della giacca e mi mostrò il medio.

"Vai pure, vattene! E portati via anche il dito, stronza! Non sono certo io quello che si vanta di mangiare pesce e di bere champagne, e poi, quando i cazzi finiscono i loro soldi, te ne torni in quelle che chiami bettole e vieni a rompere i coglioni a uno sporco come me."

"Ti odio."

"Anch'io."

"Io di più!" Sorrise e si strinse nelle spalle come faceva una volta, quando mi piaceva, quando la sua felicità sembrava sincera, e la sua timidezza vera.

"Smettila di fare così. Non funziona" le dissi seccato.

"Dove ho sbagliato? Dimmi! Che cosa vuoi da me? Ti ho dato tutto e tu cosa fai? Non te ne frega proprio niente, vero?"

"Il punto non è se me ne frega qualcosa o no. Il punto è che mi sono stufato di averti intorno. Sei una maschera, e per quanto bella rimani pur sempre una maschera."

Strinse i pugni tanto da far impallidire le piccole mani segnate da grosse vene.

"Non può funzionare – continuai - e lo sappiamo bene entrambi. Torna nel tuo mondo fatto di cene a base di pesce, macchine e cazzi ai quali ti svendi."

"Come puoi parlarmi così quando fino a ...?"

"Che cosa pensi di ottenere con il tuo comportamento? Che cazzo hai in testa?

"Tutto. – rispose sorridendo con arroganza. – Lo ammetto, ho sbagliato con te. Hai sempre avuto ragione ma nessuno ti ha costretto a starmi dietro. E poi la vita è mia e faccio quello che voglio."

La sua arroganza era insopportabile. Credo che avrei potuto strozzarla con le mie stesse mani e, onestamente, ci stavo pensando abbastanza seriamente.

"Basta! Non ne posso più di questa tua pseudo coscienza che tiri fuori solo quando ti comoda. Non farti odiare più di quanto stai già facendo. Se t'interessasse qualcosa di me, come tu sostieni, smetteresti di fare la troia in giro. Invece il tuo cuore si è fermato al mio cazzo! Per lo meno conserva un minimo di dignità."

"Non ti devo giustificare niente."

Sbuffò. Lo faceva sempre quando non sapeva cosa dire. Nonostante tutto quella stronza si sentiva superiore a chiunque, me compreso, ma non ci pensai più di tanto. Stavo troppo bene quella sera per farmi rompere i coglioni da una bastarda ipocrita che si interessava al colore delle sue scarpe più che a ogni altra cosa al mondo. Non aspettai che dicesse altro. Mi alzai, abbandonai il tavolo e mi piazzai al bancone girando le spalle ai sogni, agli incubi e alle realtà deprimenti di una relazione immaginaria, e a un piatto di stracotto di cavallo che purtroppo non ero riuscito a finire. Ero stufo di lei ma non riuscivo a non pensarla. Eli non aveva grandi qualità, non era capace di parlare senza sbagliare i tempi dei verbi, camminava in maniera buffa e quando portava i tacchi sembrava sempre ubriaca, non sorrideva quasi mai, parlava male di tutti e beveva da far schifo. In poche parole non era una signora con la esse maiuscola, ma quando scopava sfoggiava una femminilità nascosta, umida e passionale. Insomma, le piaceva da matti il cazzo. Non avevamo nulla in comune, tranne il fatto che eravamo due porci, arrapati come cani da strada, coi volti scarni e sempre incazzati con il mondo. Avevamo scopato e bevuto finché tutto diventò routine. In realtà non sopportavo il suo carattere vizioso e, sopratutto, non tolleravo di dividerla con qualcun altro. Ecco perché decisi di levarmela dalle palle. Ordinai una birra media e mi sfogai con Giuda finché non finii i soldi o, forse, finché la trattoria non chiuse. In ogni modo me ne tornai a casa, ubriaco e senza una donna, che per quanto stronza e troia fosse, era pur sempre una donna.

***

V

Era il venti settembre. Me lo ricordo come fosse ieri. L'ultimo giro di chiavi mi strappò una lacrima. *Addio*, continuavo a pensare, *Casa di Dio*.

Quel giorno io e i ragazzi lasciammo l'appartamento che avevamo soprannominato *Casa di Dio*. Quelle quattro mura non erano fatte solo di mattoni, calce, intonaco e qualche mobile. Era un luogo sacro per chiunque entrasse.

"Chissà come la conceranno questi stronzi!"

"Non lo so e non lo voglio nemmeno sapere. Dai, Ale, andiamo a farci una partita e scoliamoci qualche pinta."

Ale mi sorrise con un angolo della bocca e mi fece cenno di sì sollevandosi il cappellino. Avevamo entrambi tutta l'intenzione di bere fino all'alba giocando a carte e a dadi. Bevemmo e giocammo finché i rumori delle prime macchine non ci avvisarono del fatto che era ormai mattina e che era ora di andarcene. Prima che uscissimo dal locale il barista tirò fuori un pacchetto di sigarette e ne estrasse una pallina di cellofan piena di coca. Poco dopo il talco magico mi scatenò la tachicardia e una voglia di bere a oltranza. Chiudemmo le porte e continuammo a pippare quella robaccia, come raccontano certe superstar del rock'n'roll nelle loro biografie. A differenza dei festini dei divi del rock, in quell'umido buco non c'era traccia di figa. Continuavamo a entrare e uscire dal bagno e a svuotare intere caraffe di vino rosso. Alla fine mi ficcai in bagno e dopo una mezz'oretta uscii con la fierezza di chi aveva lasciato cadere un peso insopportabile. Alle sette decidemmo di uscire a prendere una boccata d'aria. L'Adige sembrava un serpente di carne azzurra, pieno di pesci argentei scagliati dal sole. Una leggera nebbia sembrava sciogliersi nell'aria e cadere su ogni cosa; un gruppo di ragazzini aspettava l'autobus alla fermata della piazza e un clochard si preparava a montare il teatrino dell'elemosina. Tutto mi appariva noioso, quasi privo di valore, ma allo stesso tempo avvertivo qualcosa di poetico in tutto quello che vedevo e che sentivo, qualcosa che mi è impossibile spiegare. Ogni cosa mi infastidiva. Non desideravo altro che ad appoggiare la testa su un cuscino e prendere sonno. Cercai di dimenticare di aver perso l'unico posto che potevo chiamare casa, anche se quel buco lercio e decadente non aveva nulla a che fare con me. Avevo passato più di un anno in quell'appartamento e non avrei mai creduto che per me sarebbe stato un problema abbandonare quelle mura umide e gli affezionati insetti. In quella casa non c'erano regole se non quella di sentirsi a proprio agio. Quel luogo sembrava possedere una vita propria, un respiro fresco e saggio che percorreva tutte le stanze, da una finestra all'altra. Quelle pareti avevano un carattere calmo ma deciso, un aspetto stravagante, quasi naif, ma soprattutto erano il circolo ricreativo di tutti quelli che si rintanavano come topi in esilio dall'umanità. Era, in tutto e per tutto, un utero dove scalciavo con i miei fratelli e sopravvivevo in un mondo tutto nostro. Era una tana dalla quale potevamo sbirciare la realtà orribile semplicemente affacciandoci alla finestra. Non comprendo la gente che dice di capire l'umanità e meno ancora accetto che qualcun altro riesca ad apprezzarla. Io, al massimo, la giudico e me la godo. A mezzogiorno accompagnai Ale al treno e lo vidi salire sorridendo, come sempre faceva quando partiva. Diceva sempre che il sorriso era il suo modo per fottere il mondo, e in parte ci riusciva. Era più vecchio di me ma a vederlo sembrava un ragazzino.

"Stammi bene, - mi disse - e che il vento del destino ci porti sullo stesso orizzonte un giorno, presto o tardi."

"A presto, amico mio."

Non dimenticherò mai quegli occhi sereni, calmi. Si possono dimenticare molte cose nella vita ma non gli occhi di un vero amico. E quando ritornano alla mente, allora si rievoca una parte di vita con tutte le sbornie e le cazzate vissute insieme. È un modo per combattere il tempo e la solitudine. Caricai le valigie sul treno e lo abbracciai per l'ultima volta. Lo guardai salire i gradini della carrozza e poi sparire dietro il riflesso dei vetri.

Con la sua partenza per l'estero persi ogni fiducia in quella città. Il futuro mi appariva buio, non riuscivo a vedere che qualche luce qua e là, di tanto in tanto, e qualche donna che aspettava un passaggio sulla strada della sopravvivenza; non c'era posto per un lavoro, per una casa, per una famiglia. Alla fine di quella strada, poco prima del cimitero, io vedevo chiaramente un bar di periferia, con un po' di sgabelli di fronte al bancone e un vecchio dall'altra parte che sicuramente mi sarebbe sopravvissuto dopo avermi versato un paio di bicchieri di vino. Quel giorno passeggiai fino a tardi pensando a cosa avrei potuto fare della mia vita e dove sarei potuto andare a morire. Volevo partire per andare lontano, in una nazione dove non sarei riuscito a capire nulla di quello che la gente mi avrebbe detto, in un paesetto con poche case, un paio di strade e qualche anima nell'unica trattoria aperta. Ero stanco e avevo bisogno di dormire. La valigia che mi portavo appresso mi aveva lacerato le mani e le vesciche si stavano aprendo. Decisi in fretta e pochi minuti dopo stavo bussando alla porta di Anna.

"Che fai qui a quest'ora?"

"Hai un letto per me, almeno per questa notte? Prometto che domattina me ne vado."

"Con questa pioggia non posso mica lasciarti fuori, anche se sarei molto tentata ..."

La sua bocca si allargò in un sorriso e mi fece cenno di entrare, mi preparò un tè caldo e ci sedemmo in salotto, cullati da Chopin.

"Che succede, Paolo?"

"Ho lasciato l'appartamento, Ale se ne è andato a Londra, gli altri hanno affidato le loro insicurezze nella vita a delle donne, così sono rimasto solo in questa città di ubriaconi."

"Beh, non male, non trovi? Ora hai la strada spianata."

"Per cosa?"

Sorrise nuovamente, come se volesse prendersi gioco di me.

"Ora che non hai concorrenti puoi essere tu lo scemo del villaggio."

Era seria, lo sapevo, ma indorava la pillola con il solito, delizioso sorriso.

"Che fossero pazzi, i miei amici, l'ho sempre saputo; che lo sia io, ne sono sempre stato convinto, anche se la tua conferma mi toglie ogni dubbio. Questo non ha importanza per me, come del resto per ogni pazzo che si consideri tale. Ti sei mai chiesta perché so di piacerti?"

"Sei sicuro di piacermi?"

"Certo! Dovresti vederti mentre mi fissi con quegli occhioni! Certo, non sono bellissimo e sono spesso senza soldi, ma sono pazzo e lo so. Sono uno di quei pazzi da romanzo, di quei folli che piacciono a tipe come te. Sei una crocerossina e io il paziente da salvare. Vero?"

"Ah, ma se è per questo, ho sempre pensato che eri da curare! Piuttosto, dimmi, che intenzioni hai ora?"

"Domani mi cercherò un'altra casa. Ho un po' di soldi da parte e posso sopravvivere ancora per un po', finché non mi troverò un altro lavoro."

"Non ti devi preoccupare per l'alloggio. Puoi stare con me, ho una stanza libera. Io non sono mai a casa e qui ti troverai bene. Ne sono certa."

"Grazie. Ovviamente ti pagherò l'affitto."

"Per quello c'è tempo. Anzi, in cambio dell'alloggio mi farai leggere le tue cose, se ti va. Ne sarei onorata."

"Ma se mi consideri pazzo! Che cosa pensi di trovare tra le righe che scrivo?"

"Tu non ti devi preoccupare." Versò dell'altro tè nella tazza alta facendo attenzione a non macchiare il tavolo. "Quanto zucchero?"

"Due cucchiai. Grazie."

Trascorremmo tutta la notte a parlare, fantasticando sui rispettivi miti letterari, da Hugo a Baudelaire, e così arrivò l'alba, tra i canti degli uccellini e i rumori del traffico.

"Vado al lavoro. Tu fai come se fossi a casa tua."

Mi disse anche qualcos'altro. Mi parlò della doccia e della cucina, credo, finché riuscii ad ascoltarla, poco prima di chiudere gli occhi.

***

VI

Il pensiero di essere senza lavoro mi confortava e mi rasserenava a tal punto che cominciai a ridere, consapevole di avere molto tempo libero e soprattutto abbastanza denaro da ubriacarmi per molto tempo. Mi feci la doccia, una sega, e andai a comprarmi una camicia nuova dai cinesi, sotto casa di Anna. Il grosso era fatto e dovevo soltanto andare al bar perché le cose tornassero ad andare come sempre. Quel giorno, oltre ad avere voglia di bere, ne avevo anche di rimorchiare. Non mi interessava nient'altro e non mi dispiaceva la routine che contavo di vivere da quel momento in poi. Già mi vedevo: doccia mattutina, passeggiata fino a mezzogiorno, un boccone da qualche parte e poi cocktail fino a tarda notte. Forse un kebab o una piadina di tanto in tanto. Questi erano i miei piani. Le sorprese non mi interessavano, soprattutto quelle da parte della vita. Alla fine avrei dovuto trovarmi un lavoro, lo sapevo, ma nel frattempo potevo spassarmela nella migliore maniera che conoscessi, ubriacandomi e ficcando l'uccello da qualche parte. Alle nove in punto ero da Giuda, seduto nel solito angolo, davanti alla spina delle birre. Il locale si stava lentamente riempiendo e io stavo bevendo il rosso della casa. Era giovedì, e si stava mettendo male per i barboni perché da lì a poco la pioggia avrebbe investito la città. Le finestre della trattoria cominciarono ad annebbiarsi rendendo il buco ancora più spettrale del solito. Gruppi di studenti e di pseudo artisti andavano e venivano dalla porta, alternando i bicchieri alle sigarette. Un paio di carabinieri entrarono per bersi un caffè con le loro facce da duri sospettosi, poi se ne andarono scodinzolando come iene. Tutto filò liscio fino a mezzanotte. Ero al mio secondo litro e stavo parlando un po' con me stesso e un po' con un paio di ubriaconi appoggiati al bancone di legno. Uno di loro a un tratto si mise a ridere e mi chiese: "Ehi, mica ce l'hai una sigaretta? Eh?"

Avrei speso tutto quello che avevo in tasca pur di levarmelo dai coglioni, così chiesi al barista un pacchetto di Camel e glielo regalai.

"Grazie. Grazie." cominciò a ripetere barcollando vertiginosamente, poi, appoggiandosi alla mia spalla, iniziò il prologo che ogni ubriacone regolarmente recita quando ha una certa quantità di alcol nel sangue: "Vedi, ragazzo, io ho… "

Non gli diedi la possibilità di infrangere la calma in cui mi ero calato fin dal mattino, misi una ventina di euro sul bancone, salutai il barista e sgattaiolai fuori tanto in fretta da sembrare un ladro in fuga. Quando fui fuori mi resi conto che avevo solo due possibilità, tornare a casa o rientrare nel bar per sentire il monologo dell'ubriaco delle ventiquattro. La mente stava cominciando ad abbandonarmi, insieme alle gambe, così scelsi di tornare a casa di Anna. Adoravo passeggiare lungo l'Adige, sotto i lampioni che tanto mi facevano pensare a Parigi. Non ero mai stato a Parigi ma Verona mi ricordava a volte la madrepatria dei miei poeti preferiti. Quella notte una fitta nebbia sporcava le case, i palazzi e anche le strade, fino a coprire le stelle. Mi sembrava di trovarmi in una di quelle ambientazioni cariche di mistero e con un pizzico di esoterismo. Di tanto in tanto qualche macchina mi superava per poi sparire, facendosi inghiottire dal mostro nebbioso. Ero a pochi metri dall'appartamento di Anna, stanco e desideroso di appoggiare la testa sul cuscino, ma nonostante tutto mi mancava qualcosa per finire quella giornata perfetta, così mi fermai al ristorante vicino, un po' perché ero stuzzicato dall'odore di carne cotta sul grill e un po' perché avevo la gola secca. All'interno soltanto due tavoli erano occupati, mentre il cortile che dava sulla strada pullulava di gente che sembrava fare a gara a chi urlava di più. Entrai e ordinai un bicchiere di whisky con ghiaccio.

"Grazie." dissi scolandomi in un sorso l'intero contenuto del bicchiere.

Feci cenno al barista di lasciarmi la bottiglia sul bancone e, senza che glielo chiedessi, il buon uomo mi portò un secchiello di ghiaccio e un bicchiere d'acqua. Lentamente le voci provenienti dall'esterno cominciarono a farsi sempre più deboli, finché l'ultima macchina non lasciò il parcheggio lasciando spazio al rumore delle stoviglie proveniente dalla cucina e alle risa di due bambini seduti a uno dei due tavoli occupati. Non avevo fretta di tornare a casa e nemmeno di ubriacarmi, ma sapevo che presto avrei sentito il profumo delle lenzuola fresche e ancora prima avrei svuotato la bottiglia di Black Sparrow. Continuai a bere, di tanto in tanto mi giravo incuriosito dal tavolo occupato dai bambini e dai loro genitori. Erano arrivati al dolce, un tiramisù, e uno dei ragazzini saltellava dalla gioia. I genitori stavano bevendo il caffè, e di tanto in tanto si giravano verso di me, l'ubriacone che li fissava con un pizzico d'invidia. Ero ipnotizzato da quel marmocchio spensierato e pensavo che un giorno anche lui, forse, si sarebbe potuto trovare davanti al bancone di un bar ingurgitando dell'alcol mentre cercava di non pensare al lavoro, alla gastrite, alle donne e a tutte quelle cose che io cercavo di tenere lontane dalla mente per addormentarmi prima che arrivasse l'alba.

Erano rimaste due dita di distillato nella bottiglia, così travasai il suo contenuto nel bicchiere colmo di ghiaccio e lo buttai giù in un colpo. Ero pronto, ubriaco e stanco al punto giusto per potermi addormentare appena avrei toccato il letto. Pagai, andai nella toilette per pisciare, dopodiché, fuori dal ristorante, mi accesi una sigaretta e respirai a pieni polmoni il denso fumo delle Golden Virginia.

È una notte stellata, una notte perfetta per addormentarmi da ubriaco, dissi a me stesso mentre cercavo qualche stella nel cielo nascosto dalla nebbia, *e poi sono disoccupato perciò ho tutto il tempo per riposarmi domani.*

"Con chi sta parlando quel signore, mamma?" La voce del bambino interruppe i miei pensieri a cielo aperto. Il ragazzino aveva gli occhi grandi, scuri, e indossava un completo blu in jeans. Capì che lo avevo sentito. Mi sorrise imbarazzato e si strinse alle cosce della madre.

"Mi scusi, "disse la donna con un filo d'imbarazzo nella voce "mio figlio è troppo curioso. Sa come sono i bambini… "

"Certo, - risposi sorridendo - e chi non…"

Quando vidi il suo volto ingoiai le stronzate che stavo per dire: era la donna che avevo soccorso e poi ospitato a casa mia qualche notte prima. Non riuscivo a parlare, sorpreso com'ero di rivederla. Era quasi irriconoscibile, indossava dei collant bianchi, scarpe col tacco basso e una camicia dello stesso colore della gonna. Aveva un orologio color argento al polso, che esaltava le dita affusolate, magre e bianche. Le unghie erano smaltate di rosso rubino, ben curate, perfette. In quel momento mi accorsi che era bellissima, da togliere il fiato. Ci guardammo dritto negli occhi quel tanto che bastava per scambiarci un sorriso, poi entrambi abbassammo la testa, come se fossimo mossi da invisibili fili di imbarazzo. Lei era bellissima e io mi facevo schifo, non perché ero senza soldi o perché le mie scarpe erano slabbrate, ma solo perché non riuscivo a fare nulla che la spingesse a dirmi un altro paio di parole, anche se sapevo che sarebbero bastati una frase detta con il cuore, una bottiglia di vino e quella pioggia che cadeva come il rum nella mia gola.

"Mi scusi ancora – disse di nuovo toccandosi i capelli - arrivederci."

Prese per il braccio il bambino e se ne andò, seguita dall'uomo che la accompagnava. Io rimasi lì, probabilmente con una faccia da coglione. Non mi sarei mai aspettato di rivedere quella donna, non in quel luogo e in quella situazione. Non sapevo nemmeno il suo nome. Rimasi appoggiato alla porta d'ingresso del ristorante finché la vidi salire su una macchina e sparire nella densa nebbia. Impalato come un cretino, continuai a ricordare i particolari che avevo immagazzinato nella mia memoria, soprattutto le mani bianche, perfette, che scivolavano sulla borsetta appesa sulla spalla leggermente scoperta.

Il giorno dopo mi svegliai alle otto. Innanzi tutto mi dedicati a doccia e spazzolino, poi indossai una giacca grigia di lino, dei blue jeans e un paio di stivali scamosciati, preparandomi per affrontare il pubblico mattutino di piazza Dante. Speravo di incontrare di nuovo la donna dallo smalto rosso. Non riuscivo a pensare ad altro, così iniziai a gironzolare per i caffè della città cercando di soddisfare le mie speranze, finché si fecero le cinque del pomeriggio. *Da Giuda, non c'è altra soluzione, alla fine non è destino*, continuavo a ripetermi. Ero demoralizzato e non capivo perché non avrei dovuto rivederla. Aveva un figlio, e con ogni probabilità l'uomo che la accompagnava la sera prima era suo marito, ma quei dettagli non mi interessavano. Sono sempre stato un uomo sicuro di quello che voleva, ma non facevo granché per ottenere l'oggetto dei miei desideri. Infatti mezz'ora più tardi ero da Giuda, pronto a piantarmi su uno degli sgabelli del bancone.

"Hei, ciao Paolo."

"Ciao, Giuda. Come stai?"

"Bene. Cosa bevi? Solito?"

"Solito, grazie."

Un paio di minuti dopo il grasso e sorridente barista tornò con una caraffa di rosso e un piatto di pane e salame.

"Oh, non avrei potuto chiedere di meglio" gli dissi, contento di riempirmi la pancia.

Soddisfatto, tirò la testa indietro, si spostò i capelli dalla fronte e aggiunse: "Guarda che è passata una che ha chiesto di te."

Giuda aveva un modo di fare calmo, sereno. Sorrideva come uno che sa il fatto suo, senza aprire la bocca o mostrare i denti. Semplicemente allargava gli zigomi e tirava le labbra quel tanto da formare un sorriso. Era buffo.

"Eli? Lascia stare. Spero che tu le abbia detto che sono morto"

"Non era lei. Elisabetta la conosco. Era una signora. Una bella signora."

"E che voleva?"

L'uomo si abbassò e prese un sacchetto che appoggiò sul bancone.

"Mi ha detto che è roba tua. È entrata di fretta, mi ha chiesto se conoscevo uno alto, di nome Paolo, che abita dalle parti del Teatro Romano… ho pensato che potevi essere solo tu."

"E cos'ha portato?"

"Una camicia e un pantalone. Ha detto di consegnarteli e che tu avresti capito."

Sbirciai nel sacchetto. C'era tutto quello che si era portata via quando aveva lasciato casa mia.

"Grazie."

"Ci mancherebbe."

Fissò il mio bicchiere e lo riempì. Guardai il bicchiere e sorrisi. Tra una parola e l'altra avevo già svuotato la caraffa, e non me ne ero nemmeno accorto.

“No, grazie. Meglio che vada a letto. Stasera voglio restare sobrio.”

“Capisco.”

Sorrise e raccolse i soldi che avevo appoggiato sotto il bicchiere.

“Grazie, e tieni il resto. Alla prossima.”

“A domani.

Andai a casa e tolsi quello che era dentro il sacchetto, oltre ai jeans e alla mia camicia preferita c'era un biglietto con su scritto *Grazie mille. Mi piacerebbe rivederti per ringraziarti di persona. Chiamami quando vuoi. Antonella.* C'era anche un numero di cellulare.

Non c'era molto a cui pensare, avrei dovuto chiamarla oppure strappare il biglietto e buttarlo nel cesso. Il sesso non era una delle mie priorità, e nemmeno volevo sentirla ringraziarmi per averla soccorsa la sera del tentato stupro, ma c’era qualcosa di lei che mi attraeva. Non si trattava soltanto della prorompente femminilità che avevo notato all’uscita del ristorante, il giorno prima. Intuivo che aveva una marcia in più rispetto a tutte le altre donne che conoscevo, e quello mi bastava per farmi desiderare di rivederla.

Incominciai a immaginarmi la vita che poteva condurre, una vita noiosa e piena d’impegni, inutili ma rassicuranti, come del resto ogni vita coniugale. Mi feci coraggio e la chiamai, erano le dieci del mattino e il telefono era spento. Riprovai all’una e poi alle tre. Infine, verso sera, le scrissi un sms: Ciao, sono Paolo. *Ti ricordi? Quello dei jeans e della camicia. Mi farebbe piacere rivederti, magari per un caffè e due chiacchiere. Fammi sapere. A presto.* Cinque minuti dopo arrivò il suo messaggio di risposta. *Ti va di vederci domani verso le dieci al bar davanti all'università?* Mentre le rispondevo *Va bene. A domani* inspiegabilmente iniziarono a tremarmi le mani.

Quella sera ero talmente emozionato da non riuscire a dormire, nonostante la doccia e il pacco da sei di birre in frigo. L'unico rimedio possibile era rimettermi i pantaloni, schizzare fuori dall'appartamento, attraversare la strada e ancorarmi al bancone della trattoria. Iniziai a bere cercando di non pensare a quella bellissima donna. Invece bevevo e pensavo a lei, mi ubriacavo e pensavo a lei. Quella donna era spaventosa, troppo bella per tipi come me, tipi che vedono la bellezza con gli occhi della poesia, della vita. Pensavo ai suoi occhi, occhi che sembravano un trattato sulla pittura, e alla sua voce, che suonava come quel pezzo di Chopin che adoro tanto.

Mi era entrata talmente tanto in testa che non feci nient'altro per il resto della serata. Verso le due Giuda mi riportò alla realtà.

"Cosa bevi?" chiese.

"Vuoi ubriacarmi, lo so."

"Ti verso ancora un poco di vino."

"Vuoi ubriacarmi?"-

"E' il mio lavoro. Perché no?"

“Non è il tuo lavoro. L'ha già fatto lei. Ma puoi tenermi più vicino a lei, se vuoi.”

“ ... “

“Versa. Versa.”

Mi lasciò la bottiglia e tornò ad asciugare i bicchieri. Nel locale non c’era più anima viva, soltanto uno scarafaggio sotto il mio sgabello, a zampe all’aria, mi teneva compagnia. Quella bestiolina mi distrasse un po', e mi vennero in mente Poe e i suoi racconti, la letteratura, la prosa e la poesia, finché tutte quelle elucubrazioni mentali mi riportarono in mente Antonella. Ammisi finalmente con me stesso che avevo una maledetta voglia di lei. L'unico problema era che ero sbronzo, incapace di addormentarmi, e quel mattino avevo un appuntamento con lei.

Continuai a bere con metodo, finché il barista non mi disse: “Ascolta un po’, questo lo offre la casa.”

Alzai gli occhi e vidi Giuda riempire l’ennesimo bicchiere di rum.

“Pulisco la macchina del caffè e poi chiudo” mi disse.

“Nessun problema, grazie.”

Buttai giù quell’ultimo bicchiere, pagai e me ne tornai in strada. Pensavo che una passeggiata mi avrebbe aiutato stancandomi le gambe perciò, se non ricordo male, camminai a lungo, finché non cedetti al sonno in un angolo della città. Al mio risveglio le macchine sfrecciavano come se si stessero inseguendo l’una con l’altra; tacchi, stivali e scarpe di ogni genere mi sfioravano la fronte e il cielo era così chiaro che non avrei mai scommesso di essermi addormentato sotto una pioggia battente la notte prima.

Mi si avvicinò un uomo che aveva stampato in faccia un sorrisetto compiaciuto e mi gettò cinque euro sulle ginocchia.

"Ehi, scusa, che ore sono?" chiesi.

Sorrise nuovamente, come fanno quelli che io considero idioti, e rispose:

"Le nove. Come se cambiasse qualcosa per lei. Vero?"

Si girò e sparì tra la folla, soddisfatto del suo gesto. Mi alzai e sentii un dolore lancinante provenire dallo stomaco e picchiare contro le pareti del mio cranio. Il mio cervello era una spugna umida e il fegato un lavandino rotto, ma nonostante tutto tornai a casa, mi lavai, mi sbarbai e feci appena in tempo a non cagarmi addosso. Quando il rito dell'alcolista del giorno dopo fu terminato mi accorsi che erano già passate le dieci. *Perfetto!* pensai, *sono in perfetto orario e sto da dio. Una volta tanto.*

Non sapevo però che Antonella quel giorno non si sarebbe presentata, e che avrei avuto sue notizie tramite Giuda, alla trattoria.

Il sorriso del barista non era cambiato dall'ultima volta, rigido e innaturalmente sereno. Sembrava uno di quei pupazzi a forma di cameriere che si vedono all'entrata di certi ristoranti.

"Che vuoi che ti dica? Si lavora" disse in risposta al mio saluto.

"Mi chiedevo se hai più visto la donna che ti ha consegnato quella busta per me, l'altro giorno. Ti ricordi?"

Si morse le labbra e arrossì.

"Hai fatto bene a chiedermelo! È passata stamattina in cerca di te. Siccome non c'eri, mi ha detto di consegnarti questo."

Dalla tasca del gilet gonfiato dall'enorme pancia tirò fuori un pezzo di carta piegato malamente e lo infilò nel taschino della mia camicia.

"Ascolta, - disse a bassa voce, inarcando le sopracciglia - non è che hai combinato qualche guaio in giro?"

"Che dici? Mi conosci. Gli unici guai che combino sono lasciare i conti aperti nei bar della città, compreso il tuo, e di non riuscire a trovare la strada di casa quando esco da questo buco di culo che tu chiami trattoria. Cos'è successo? Racconta."

"Allora, stamattina è venuta la donna dell'altro giorno, quella dei pantaloni e della camicia, ma stavolta aveva un labbro gonfio e un occhio viola. Tu ne sai qualcosa?"

"Non penserai mica... " Sbuffai. Non riuscivo a credere che qualcuno pensasse che io potessi mettere le mani addosso a una donna!

"No, è che l'ho vista così spaventata e... " tutto a un tratto si fece serio, probabilmente perché aveva capito che stava parlando con un ubriacone inoffensivo e solitario, non certamente con un maniaco o uno schizofrenico che odia e picchia le donne.

"Come ti viene in mente! Sai benissimo che non lo farei mai... se non per un buon motivo!"

Sorrise nervosamente, in attesa di sapere di più. Mi misi a ridere, ingoiai l'ultimo sorso di rum e picchiai con forza il bicchiere sul bancone.

"Volevo dire… soltanto se è la mia donna e cerca di tagliarmi l'uccello mentre dormo."

"Vaffanculo. Cominciavo a credere che la avessi menata. Che stronzo!"

"Figurati. E ti dico un'altra cosa, stamattina ci dovevamo incontrare al bar davanti all'università, ma non è venuta. E adesso tu mi vieni a dire queste cose! Non so che pensare. –

"Lascia stare. Non immischiarti, di qualunque cosa si tratti. In questi casi le donne sanno benissimo cavarsela, e se non ci riescono è perché sono pazze, o colpevoli di qualcosa, o perché sono fottutamente sfortunate. Magari il marito la mena e non riesce ad andare dalla polizia perché il tizio l'ha minacciata, o perché si è abituata a prenderle. Chissà, magari è caduta da qualche parte sbattendo la testa e noi ci facciamo seghe mentali per niente."

"Non so."

"Secondo me stiamo solo facendo discorsi inutili."

"Non credo che sia una donna debole, anzi. E, secondo me, è una che ha le palle, ma magari è semplicemente sfortunata", conclusi.

Ero preoccupato, ansioso di sapere che era successo ad Antonella. Pensai di chiamarla, ma, date le circostanze, decisi che era meglio aspettare, non volevo intromettermi nella sua vita. Sfilai dalla tasca il biglietto spiegazzato e lo aprii. *Non chiamarmi, ti prego. Se vuoi, possiamo vederci domani alla stessa ora e nello stesso posto. Scusami per oggi. Ti spiegherò. Se deciderai di non volermi rivedere ti capirò*.

Presi fiato e mi infilai il biglietto nella tasca dei pantaloni, sollevato come uno studente che fosse riuscito a nascondere le prove della sua incompetenza. Avevo fatto bene a non telefonarle.

"Perfetto!"

"Perfetto cosa?" chiese Giuda.

"Il fatto che domani la rivedrò."

Mi allungai sopra il bancone e baciai Giuda in fronte prendendogli tra le mani il cranio enormemente tondo e orribilmente sudato.

"Pagherò domani. Buonanotte."

"Certo" sbuffò, e mi salutò con un sorriso che celava a malapena la poca fiducia che aveva nei miei confronti.

Tornai a casa, mi feci la doccia e mi buttai sul divano, tra le briciole dei biscotti e i peli del gatto di Anna. Quando mi svegliai mi sembrò che fossero trascorsi solo cinque minuti, ma erano già passate le nove del mattino e la lancetta dei minuti si stava avvicinando molto pericolosamente verso il trentesimo minuto. Avevo dormito per quasi sette ore e non me ne ero accorto. Non ero ubriaco e questa era una cosa buona, dato che dovevo incontrare Antonella appena un'ora dopo. Mi sentivo felice, sereno, riposato e pieno di forze al punto da non crederci. Se la sera prima avessi preso delle anfetamine, poi avessi scopato tutta la notte, avessi fumato marijuana e infine mi fossi fatto un paio di piste per colazione, avrei potuto capire la strana sensazione di benessere mista a una calma euforia che provavo, ma, dato che non toccavo droghe pesanti da molto tempo, e da altrettanto tempo non ficcavo il mio uccello da nessuna parte, ero stupito di sentirmi così bene. Mi ci sarebbero volute un altro paio di ore e un cappuccino in compagnia di Antonella per rendermi conto che queste mie sensazioni derivavano dal fatto che ero pazzo di lei, e che non potevo fare altro che prendermela.

***

VII

Quella mattina parlammo di tutto tranne che di figli e mariti. Lei era favolosa: la sua voce era calda, i capelli luminosi e le mani perfette, come quelle che si vedono nelle pubblicità di gioielli. Improvvisamente disse: “Sono sposata, sai? Ma non ti preoccupare, sto divorziando.”

Non mi aspettavo una cosa del genere. Avevo le mani sudate e fino a quel momento il cazzo non mi aveva lasciato in pace nemmeno per un istante. Sentii il caffè risalire dallo stomaco. Lei si morse le labbra come se si fosse pentita delle sue parole. A quel punto io non sapevo che dire e lei non capiva che fare. Pensai che fosse meglio prendere in mano la situazione, feci finta di non aver sentito le sue parole e chiesi: “Che ne dici di fare un giro? Dove vuoi andare?”

“Scusa. Non dovevo dirtelo. Non so perché te l’ho detto… Scusa.”

“Non mi devi chiedere scusa. Sei sposata. Lo immaginavo.”

Feci un gran sorriso e le presi la mano. Non avevo trovato un modo migliore per interrompere quel miscuglio di imbarazzo e disagio. Il mio gesto era stato istintivo, ma, giuro, non avrei più voluto lasciare quella mano, se non per pagare il conto che non avevo chiesto.

“Lascio qui” disse il cameriere con un sorriso evidentemente forzato.

Era ora di andarcene.

La portai ai giardini reali, sapevo che non avrebbe accettato di andare in giro per le strade perché era una di quelle donne che in pubblico si imbarazzano con poco. Pagai i biglietti, e come due scolaretti innamorati sparimmo tra i cespugli.

"E così sei senza lavoro" disse.

"Sì. Mi sono licenziato."

"Come fai a vivere?"

"Respiro. Mangio, bevo e dormo"

Sorrise e iniziò a giocare con l'orlo della gonna.

"Ascolta,…" dissi.

Si girò di scatto e aprì leggermente la bocca. Mi sembrò un invito ma lì per lì non ci pensai.

"Io volevo dirti …" tacqui, ovviamente non avevo niente da dirle. Su di noi scese un silenzio imbarazzante.

"Dimmi" balbettò lei dopo qualche secondo.

Le sue guance erano di un rosso acceso e non smetteva di mordersi le labbra. Non so che cosa avesse addosso ma profumava tanto che mi venne l'acquolina in bocca. Persino guardarla era diventato imbarazzante. A un tratto disse: "Non posso".

Abbassò la testa e mi afferrò una mano. In quel momento mi sentivo inadeguato, ma ero anche pieno di vita. Avrei voluto prenderla in braccio e portarla a casa, eppure non sapevo cosa dire. Non c'era nulla da fare. Mi stavo cagando addosso.

"Forse è meglio che vada. Devo tornare a casa. Devo proprio. Mi dispiace" mormorò.

Era quello che non volevo sentire. La testa mi diceva di convincerla a rimanere ancora un po' e il mio cazzo stava urlando *Baciala!*

"Ok" le dissi, non mi venne in mente nient'altro, era mezzogiorno e lei doveva andare a casa.

"Allora, mi ha fatto piacere rivederti."

"Anche a me. Grazie ancora dei pantaloni e della camicia."

"Figurati. Grazie per la colazione."

Rise poi mi accarezzò il viso e mi baciò su una guancia. Si strinse al mio petto per un istante, poi si voltò e iniziò a correre finché non sparì dietro l'angolo. Continuai a guardare il punto in cui era scomparsa finché non finii tutti i miei pensieri, finché non ammisi di essere un incapace, almeno con le donne. Era stato facile scopare ragazzine ubriache rimorchiate a qualche festa, Antonella però non era né una ragazzina né un'ubriaca. Era una donna sensibile. *Perfetto*, dissi a me stesso, *e ora che cazzo pensi di fare? Quello che fai sempre! Ovvio!*

Andai al bancomat e poi da Giuda. Cominciava a crescere dentro di me l'odio per me stesso. Stavo bevendo la mia birra da mezzo quando entrò Eli. Aveva sempre lo stesso aspetto, vale a dire che era vestita come una puttana, camminava come un'ubriaca e mi guardava come se fossi un vecchio al quale spillare la pensione.

"Ciao" disse.

Feci finta di non conoscerla e mi aggrappai al bicchiere.

"Ciao" disse di nuovo, appoggiando l'anca alla mia coscia.

"Ciao. Che ci fai qui?"

Sorrise e si appoggiò al bancone.

"Prendo anch'io una birra."

Il barista la fissò per un istante come se avesse voluto sputarle in faccia. L'arroganza era una parte fondamentale del carattere di quella stronza. La mia memoria e la voglia di non pensare mi avevano tradito molte volte, soprattutto con Eli, grazie a loro avevo sopportato quella ragazza insolente e stavo per farlo di nuovo, ma non perché mi sentissi solo. Non per questo, stavo benissimo da solo. La questione era diversa. Avevo capito che mi dovevo accontentare. Eli era convinta di amarmi ma io sapevo benissimo che la sua era soltanto curiosità. Per lei, io ero solo un fenomeno da circo, una specie di pagliaccio per l'immaginaria storia d'amore che girava nella sua testolina. La corteggiavo, a modo mio, e questo le piaceva. Le piaceva litigare e poi fare pace, litigare e poi scopare. A volte si comportava come una bambina e mi teneva il muso per giorni finché non si stufava e tornava da me. Quella che lei chiamava passione, sentimento, qualcosa di speciale tra di noi era in realtà solo una miscela esplosiva di solitudine e troiaggine. Mentre io riflettevo se scoparla o no, lei iniziò a piangere.

“Perché non parli?” chiese tra le lacrime.

“Perché sto bevendo” risposi.

“Che c'entra?”

“C'entra. - dissi - Trovo il silenzio di questa birra molto più interessante delle stronzate che mi stai urlando nell'orecchio”.

“Ma quanto stronzo sei?”

Sapevo che non piangeva per la vergogna, che non possedeva; per amore o semplicemente per il latte che aveva versato, lo sapevo benissimo. La sua era una richiesta. Le sue lacrime erano piene di soddisfazione. Amava il teatrino della vita e senza la tragedia la sua anima e la sua fica non avrebbero potuto dirsi soddisfate.

“Perché piangi? Perché adesso?”

“Secondo te?”

Sbuffai e sussurrai: “Cazzo, sono indietro di cent’anni.”

“Perché?”

“Mi sembra di avere davanti una battona dei bordelli di una volta.”

Rimase zitta per un attimo e mi mise una mano sulla bocca. Sentivo addosso gli sguardi dei clienti e non ebbi il coraggio di guardare in faccia il barista quando ci mise davanti altre due medie. Le lacrime su quella faccia da bambola di porcellana non mi intenerirono, ma mi fecero comunque uno strano effetto. Era una formidabile attrice, lo sapevo, ma non cambiava niente. Lei era la bambolina e io il cattivo. Questi erano i ruoli che recitavamo nel nostro film.

"Sei proprio stronza, e quando piangi ancora di più. Lo sai, vero?"

"Lo so" disse, e mi baciò.

Il tempo sembrò fermarsi a guardare quella scena. Un blues lento usciva dalle casse appoggiate sulle mensole del bar, la gente stava in silenzio e, anche se non li vedevo, sapevo che tutti quegli stronzi lì dentro si stavano facendo i cazzi miei.

"Non mi va di essere preso per il culo."

"Amore, non ti sto prendendo per il culo."

Era la prima volta che mi chiamava in quel modo e, onestamente, mi fece un certo effetto. Forse era l'alcol, forse la voglia di non pensare ad Antonella, forse una perversione che non sapevo di avere.

"Amore, ..."

Stava per dire qualcosa che morivo dalla voglia di sentire quando il rumore della porta risvegliò tutti. Entrò un tipo basso, castano, ben vestito. Io, e probabilmente la maggior parte dei presenti, ci dicemmo che aveva sbagliato locale. Si avvicinò al bancone e tirò la mano fuori dalla tasca.

"Ciao, sono Antonio. Piacere."

Vidi Elisabetta arrossire. Mi guardò e mi disse: "Paolo, ti presento

Antonio”.

“Piacere. Sono il ragazzo di Elisabetta. Mi ha parlato molto di te.”

Subito dopo le mise un braccio intorno alle spalle e la baciò in bocca.

Lei si morse le labbra. Mi guardò con un sorrisino imbarazzato e disse: “Amore, ci fai compagnia?”

Cazzo, stavo per dire di sì quando lui mi anticipò, con un bel sorriso stampato in faccia. Sembrava contento di essere cornuto a sua insaputa. Buttai giù la birra e ne ordinai altre due. Mi sentivo sotto pressione e ancora peggio mi sentivo uno stronzo ma, alla fine, era meglio che sentirsi cornuto.

“Che ci fai da queste parti?” gli chiese Elisabetta.

“Sono andato a casa tua ma non c’eri, volevo farti una sorpresa. Ho chiamato tua sorella e mi ha detto che eri in giro.”

“Passavo da queste parti e ho incontrato per caso il mio amico” replicò lei.

“Mi ha parlato molto di te. – mi disse il tizio – Ho pensato che foste venuti qui per l’aperitivo e allora eccomi qua. Ci ho azzeccato. Contenta?”

“Sì, certo, che domande! Ma potevi chiamarmi” disse Eli.

“L’ho fatto ma hai il cellulare spento.”

“Sarà la batteria” replicò lei, ed era chiaro che stava dicendo una balla.

Continuarono a parlare tenendosi per mano. Era una scena orribile.

“Chiedo scusa ragazzi. - dissi - Faccio un salto in bagno.”

Era una scusa, volevo prendere una boccata d’aria dalla finestrella del cesso e per staccare un attimo da quella situazione. Percorsi tutto il corridoio pieno di gente che mi fissava, qualcuno rideva sotto i baffi. Un vecchio che conoscevo di vista, uno che si era scolato un paio di bocce di vino mentre mi raccontava la sua vita, mi fece l’occhiolino come per dire *Furbone!* Non conoscevo quasi nessuno lì dentro e non capivo tutto quel borbottio di sottofondo, ma sapevo bene cosa ronzava in tutte quelle teste. Mi infilai in bagno, mi lavai la faccia con l’acqua fredda e pisciai. Rimasi lì dentro per una decina di minuti, finché non mi calmai. Quando tornai al bancone trovai un’altra birra appoggiata davanti al mio sgabello. La gente continuava a fissarci e la musica sembrava un coltello arrugginito fatto apposta per segare i nervi. Il tipo sembrava tranquillo e lei si era scrollata di dosso l’imbarazzo. Forse era colpa dell’alcol, forse dell’abitudine di mentire, sta di fatto che si comportava come se lui fosse il suo ragazzo e io un amico e questo mi andava bene. Il tizio non la finiva di parlare. Diceva un sacco di cose. Parlava di lavoro, vino e macchine. Poi iniziò a chiedermi di cosa mi occupavo. Come la pensavo su questo o quello. Io gli rispondevo e bevevo, e più birra buttavo nello stomaco più mi sentivo a mio agio. Avevo l'impressione che il tipo, Antonio, mi ammirasse. Mi sorrideva con sincerità, mi parlava con entusiasmo, e continuava a non capire un cazzo. Di tanto in tanto abbracciava Elisabetta e questo mi faceva pensare ai cani che pisciano per tracciare il proprio territorio. Lui stava marcando il territorio che io avevo scopato. Continuavo a pensare a cose del genere mentre assistevo a quella farsa assurda. Mi veniva da ridere, ma come potevo? Si capiva che era un bravo ragazzo, uno di quelli che non rompe i coglioni a nessuno e che fa il suo. Era uno di quelli che vivono felici grazie alla loro stessa cecità. Cazzo, quei due sembravano due innamorati, una coppia felice che beveva in mia compagnia. Sembrava tutto fuorché quello che era veramente. Cominciai a prenderci gusto. A un certo punto il tipo, preso dall'alcol, chiamò il barista e ordinò di nuovo da bere.

"Un altro giro, pago tutto io."

Tirò fuori i soldi e pagò tutto quello che avevamo bevuto fino a quel momento.

"Amore, resta un attimo qui. – disse accarezzando Eli. - Vado in macchina a prendere una cosa che ho comprato per te."

Lei annuì e lo baciò in bocca. Quel bacio era carico di pietà e lì dentro lo avevano capito tutti, tutti tranne il tizio.

"Ti spiegherò tutto" mi disse appena Antonio fu uscito dalla porta.

"Non mi devi spiegare nulla."

Sorrisi e feci cenno al barista di avvicinarsi.

"Mi fai un'altra birra e la metti in conto a questa ragazza?"

“Sì, certo.”

“Sei il solito stronzo.”

“E tu una puttana. La solita puttana.”

C’era solo un modo in cui trattare Elisabetta, ed era come facevo io. Lei esigeva molto senza chiedere nulla. Quando chiedeva qualcosa, mentiva. Stare con lei era come stare con un mendicante che cercava cose che nessuno avrebbe potuto dargli. Nemmeno io.

“Senti, – le dissi – ho capito. Va bene. Se me lo dicevi ti avrei scopata lo stesso. Lo sai.”

“Lo so.”

“Allora facciamola finita. Vai con lui.”

“E tu?”

“Io me ne sto qui.

“A fare che?”

“Cosa pensi di fare? Di stare qui a bere e poi mandarlo a casa da solo, venire a casa mia e scopare fino a domani?”

“E tu, cosa farai?”

“Me ne starò qua, a bere. E se sarò fortunato, beh, mi porterò a casa una ragazza dopo averla fatta ubriacare per bene.”

“No!”

"Come no? Tu sei impegnata stasera. Che vuoi fare?"

"Vengo con te. Non voglio che ti porti a letto un'altra."

"E il tipo? Insomma, il tuo ragazzo? Antonio?"

"Lui può tornare a casa da solo. Faccio tutto io. Fidati. Rimaniamo ancora un po' e poi ce ne andiamo. Ok?"

In quel momento dalla porta cigolante spuntò Antonio.

"Amore, queste sono per te."

Aveva un mazzo di rose rosse in una mano e un biglietto nell'altra, il tizio aveva davvero toccato il fondo, oltretutto in uno dei locali più schifosi della città. La colpa non era sua, non era mia, non era di Eli. La colpa era della fiducia. Io non potevo fare altro che assistere a quello spettacolo pietoso. Si baciarono e si tennero per mano per qualche secondo.

Lui allungò il biglietto e le disse: "Non hai voglia di leggerlo?"

"Non qui. Lo leggerò quando saremo soli."

"Va bene."

Almeno gli aveva evitato la figuraccia del bigliettino. Chissà, forse c'era scritta una di frase da cioccolatini. Forse erano parole piene di tenerezza e amore, ma in quel posto e tra quella gente si trasformavano in misere cazzate. Il tipo alzò la mano e fece cenno al barista di versare un altro giro. Aveva gli occhi rossi e un alito da far paura, la camicia gli pendeva fuori dai pantaloni, aveva una scarpa slacciata e continuava a dire cazzate. Lei continuava ad annuire e a passargli il bicchiere. Continuammo a bere fino a mezzanotte e io continuai a pensare che in fondo Eli non era altro che una manciata di buchi sparsi su un corpo. Pensai anche che se mi avesse detto che aveva un ragazzo, o se li avessi visti mentre si baciavano senza conoscerlo come stavo facendo, beh credo che avrei provato un po' gelosia. È questo che acceca noi uomini, la gelosia. Siamo capaci di provarla per la peggiore puttana del mondo. Siamo convinti di possedere le cose e le donne, ma non è così. Le cose che abbiamo le abbiamo solo per un certo periodo e poi cambiano proprietario. E questo vale anche per le donne. Dopotutto io e Antonio eravamo simili, sotto certi punti di vista. Tutti ci guardavano come coglioni a causa di una donna che se non ci avesse aperto le gambe sarebbe finita nel dimenticatoio delle seghe. Antonio chiamava amore le gambe aperte di Eli, per me era semplice e divertentissimo piacere. Ammetto che all'inizio avevo rischiato anch'io di chiamarlo amore, ma ben presto avevo capito di che pasta era fatta quella ragazza senza cuore. Continuai a guardarli, ma non provai niente, nemmeno un briciolo di gelosia o di senso di appartenenza mi sfiorava il cuore. Mi sentivo un po' un mostro insensibile, ma come potevo provare un senso di rivalsa avendo a che fare con un uomo che si metteva in ridicolo davanti a tutti? Per nulla al mondo avrei voluto essere al posto suo. Dico veramente.

Antonio non si reggeva più in piedi ed Eli lo aveva capito. "Andiamo a casa?" gli chiese.

"Come vuoi."

Con quelle due frasi la serata finì.

Ci salutammo con un bacio e una stretta di mano, li accompagnai fino alla macchina e tornai a scaldare il mio sgabello. La gente aveva ricominciato a parlare e ridere. Qualcuno urlava di tanto in tanto. Due tizi seduti all'angolo alzarono i bicchieri e mi sorrisero come se ci fosse qualcosa di eroico nell'essere l'amante di una donna. Continuai a bere cercando di non pensare a quello che era successo. Forse era meglio non rivederla più, non stare ai suoi giochi da donna emancipata. Forse. La mia testa era piena di forse. L'unica cosa certa era che passai dalla birra al vino. Il vino mi aiutava a sopportare la società e la gente come Eli e Antonio. Stappavo le bottiglie per festeggiare i pensieri che mi facevano accettare la vita. Rimasi seduto al bancone per un altro paio d'ore, a fissare l'orologio sul muro e ad aspettare che qualcuno mi mandasse via. Ogni minuto era un anno e il vino sembrava acqua. Non potevo essere ubriaco per millenni, non di vino, di birra o di rum. Pensai che forse, col tempo, avrei potuto ubriacarmi con qualcosa che sarebbe vissuto dopo la mia morte.

Alle due salutai Giuda e gli dissi di mettere sul mio conto. Mi mandò affanculo e sparì in cucina.

Il peggio è passato, pensai tra me e me. Ancora qualche passo, un paio d'incroci e una piccola salita e mi sarei trovato davanti alla porta del condominio. Arrivato in casa mi ficcai sotto la doccia. Mi sciacquai, mi asciugai, presi una birra dal frigo e mi rollai una canna. I miei pensieri si stavano lentamente sciogliendo, tutto filava liscio. Dovevo solo addormentarmi, poi quello che sarebbe successo al mondo fino al pomeriggio dopo sarebbero stati cazzi degli altri. Almeno così credevo. Ero all'ultimo sorso di birra, avevo finito la canna, e la mente stava girando intorno alle solite seghe mentali, quando suonò il campanello. Guardai l'ora, erano le quattro. Mi sporsi dal terrazzo e vidi Eli sotto la pioggia, senza ombrello. Chissà quando aveva iniziato a piovere!

"Che ci fai qui?"

"Fammi salire, per favore!"

Non me la sentivo di lasciarla fuori, sotto la pioggia, perciò la lasciai salire e scopammo. Ero ubriaco e lei continuava a prendere birre frigo. Ero ubriaco e lei continuava a dire che tra lei e il tizio dei fiori non c'era nulla. Ero ubriaco e lei cominciò a russare. Ero ubriaco e il sole cominciò ad arrampicarsi sulle colline.

***

VIII

“Svegliati! Svegliati!”

Era Eli che urlava. Aveva una voce da gallina, piacevole solo quando godeva.

“Che cazzo ti prende? Lasciami dormire.”

“Devi andare al lavoro.”

“Io non devo un cazzo. So che dovrò morire un giorno ma non obbligarmi ad andare a lavorare.”

“Come pensi di sopravvivere? Sei il solito. Alzati!”

Non avevo voglia di parlarle, di dirle che mi ero licenziato e che stavo bene da disoccupato.

“Oggi ho il giorno libero.”

“Ah. Che novità. Da quando?”

“Mi lasci dormire? Cazzo!”

“Ormai ho preparato la colazione. Dai. Poi ci facciamo un giro. Io inizio a lavorare alle cinque.”

Mi stavo addormentando di nuovo quando venne in camera e aprì le tapparelle. Odio quando qualcuno apre le tapparelle senza chiedere un cazzo. Così iniziammo a litigare.

“Potevi startene con mister mister rose rosse”

“Vaffanculo. Hai capito? Vaffanculo! Potevi startene al bar per tutta la notte finché non ubriacavi qualche troietta e te la portavi a casa.”

“Esatto. Almeno lei non mi avrebbe finito le birre che avevo in frigo.”

“Ah, e che cazzo avrebbe fatto?”

“Mi avrebbe pulito casa e mi avrebbe scopato.”

Gli occhi sembrarono uscirle dalla testa.

“Se la metti così, sappi che il ragazzo di ieri è un vero gentiluomo. Non come te. Capito?”

“Sì. Capito. Ma dimmi come fa un gentiluomo come lui a stare con una come te? Gliel’hai mai chiesto?”

“Perché io e lui facciamo l’amore e mangiamo la frutta sul letto, lui cucina per me, mi porta fuori a cena e si comporta come ogni uomo dovrebbe fare con una donna. Mi fa sentire come una donna dovrebbe sentirsi accanto a un uomo. Capito?”

“Le sbornie le riservi a me. Giusto?”

“Vaffanculo” urlò, prese il cappotto e uscì sbattendo la porta.

Ora sarei potuto tornare a dormire, ma ormai il sonno mi aveva abbandonato e avevo tutta la giornata a disposizione. Decisi di non sprecarla ubriacandomi. Sarei andato al cinema dopo pranzo e poi nel negozio di libri usati. Riuscivo a stare per ore in quel buco tenuto su alla meno peggio. Mi rilassava passare le dita su centinaia di titoli e sbirciare le parole dei grandi uomini, tutti pieni di vizi e gusti strani. Persino le loro sbornie erano colossali. Ho imparato a distinguere i piccoli geni da quelli grandi: i piccoli possiedono il difetto della moderazione; i grandi, invece, se ne fottono e ricercano gli estremi, la pensava così persino il mio amico Ale. Quando si parlava di arte e di artisti diceva sempre che l'unica regola è la sregolatezza. Per un artista di grosso calibro, uno di quelli che non se la tira e che se ne fotte, che non ha avuto paura di vivere anche a costo di morire – così erano gli artisti che piacevano a lui - ecco, per un artista del genere la moderazione è come dire a un innamorato di amare con calma, senza fretta. È come dire a un alcolizzato di diminuire le dosi fino a un bicchiere dopo i pasti. È come dire a una donna incinta di otto mesi di tornare sui suoi passi.

Io mi trovavo bene tra quella gente, gli artisti, anche se erano fatti di carta, polvere, qualche copertina plastificata e un paio di vinili nella vetrina dietro alla cassa del negozio. Rimasi dentro la libreria per tutta la mattina, in mezzo a tutta quella cellulosa e a quei sogni distillati in lettere. Al cinema non ci andai perché il negozio di libri era di strada e, ogni volta che facevo una strada su cui incontravo qualcosa di interessante, puntualmente mi dimenticavo la destinazione. Di colpo iniziò a piovere tanto da far tremare le vetrate e poco dopo un'orda di gente invase il piccolo negozio. L'umidità aveva impregnato l'aria dell'odore dell'inchiostro e della carta. Si stava proprio bene lì dentro, dalle vetrine si poteva vedere la strada piena di gente in corsa, chi con l'ombrello e chi con il giornale sopra la testa, e chi bagnato fino al buco del culo. Quelli che non potevano fare nulla erano piazzati alla fermata dell'autobus. Erano studenti e professori, tutti zuppi, per metà sorridenti e per l'altra metà incazzati. Oltre quelle vetrate appannate si vedeva un mondo diverso da quello che si vede quando si cammina sulle strade. Era tutto diverso visto da lì dentro, e proprio quella differenza mi guidò fino allo scaffale della poesia. Quell'angolo di negozio era vuoto, a me piaceva così. Le persone leggono poca poesia perché non sanno vivere. Alla maggior parte di loro piace il romanzo leggero, da divorare nei momenti morti, oppure *per prendere sonno di sera* o *per non impegnarsi troppo*. Onestamente, non ho mai capito cosa voglia dire. Per me sarebbe come dire *mi faccio una scopata giusto per non impegnarmi troppo o per ammazzare il tempo*. Io non ho mai letto o scopato per addormentarmi o per fare qualcosa di leggero. Per quelle cose esistono i sonniferi o le passeggiate. Quelle frasi le dicono spesso le donne, non tutte per fortuna, credo per sentirsi impegnate intellettualmente. Gli uomini non leggono o, meglio, leggono in pochi. Fino a una certa età la maggioranza dei maschi passa il suo tempo leggendo testi scolastici e cercando un buco dove ficcare il proprio uccello. Poi scopre la letteratura. Nell'angolo dei grandi classici c'era un sacco di giovani, ma niente a che vedere con l'ammucchiata che si era raccolta davanti agli scaffali dei best seller, quelli di cui senti dire: *L'hai letto? È favoloso. Lei è stupenda come scrittrice!* A lasciarsi andare a questi commenti sono per lo più sono le casalinghe depresse dopo aver letto quello che hanno scritto altre casalinghe depresse, e così si costituiscono una fama di grandi lettrici nei loro club delle divorziate, emancipate e chi più ne ha più ne metta. Diciamo che si danno una mano tra loro, moralmente ed economicamente.

Io me ne stavo in disparte. A me piaceva sfiorare con le dita i titoli e nomi degli autori, senza troppe rotture di coglioni, mi eccitava. Me ne stavo lì imbambolato immaginando tutte le parole ammucchiate nei versi sparsi sulla cellulosa. Ero così ipnotizzato che mi dimenticai delle voci in sottofondo e dell'odore di umido, e non mi accorsi nemmeno di una donna inginocchiata a fianco a me finché non la urtai.

"Scusa" dissi senza girarmi.

"Di nulla" rispose una voce che mi pareva di conoscere.

Allora mi voltai e lei fece lo stesso. Spostò i capelli dietro l'orecchio, mi fissò arrossendo, e, mordendosi le labbra, cercò di reprimere un sorriso.

"Ciao."

"Ciao."

Si alzò in piedi e si strinse al petto il libro che teneva tra le mani. Ci fu un momento di silenzioso imbarazzo che mi parve lungo un'eternità. Poi dissi la prima cazzata che mi venne in mente:

"Che bella che sei."

"Come?"

Mi guardò per un attimo come se si fosse sorpresa delle mie parole.

"Insomma, ti vedo bene" dissi cercando di darmi un contegno.

"Ah. E tu, anche tu stai bene. No?"

"Certo. Sì. Certo. Che fai da queste parti?"

"Stavo tornando a casa. Ho appena finito di lavorare."

"Lavori da queste parti?"

"Sì, non te l'ho detto? È vero. Insegno letteratura e storia."

"Bello."

"Sì. Impegnativo. Stavo tornando a casa e poi ha cominciato a piovere e così…"

"Che strano."

"Cosa?"

"È strano incontrarti qui. Non ci siamo più visti e..."

"Sì. Stavo aspettando l'autobus. Poi mi sono detta che è meglio aspettarlo qui dentro."

Lei non riusciva a stare ferma con le mani e io le infilavo e le toglievo dalle tasche. Cazzo! Era imbarazzante.

"Cazzo! È imbarazzante."

Avevo detto un'altra cazzata a sproposito ma lei capì cosa mi passava per la testa e non disse nulla.

"Che hai lì?"

Girò il libro verso di me e disse: "Keats. Ne ho parlato ai ragazzi stamattina e volevo prendere una raccolta delle sue poesie. Diciamo che ho approfittato della pioggia."

"Devo un favore a John, allora."

"Perché?"

"Beh, non credo che ci saremmo incontrati di nuovo se non fosse stato per lui."

Arrossì senza dire nulla.

"L'ultima volta sei scappata a gambe levate e io…"

"Scusami. Hai perfettamente ragione. Dovevo andare. E se mi ci fai pensare, non ho molto tempo. Scappo. Veramente..."

"Devi andare di nuovo?"

Abbassò lo sguardo, sospirando.

"Se vuoi farti perdonare per la tua ultima fuga e se non hai troppa paura di me, beh, allora potremmo berci un tè caldo. Ti va?"

Si avvicinò senza dire nulla e mi sistemò i capelli che mi cadevano sugli occhi.

"Allora? L'ultima volta sei scappata, e non mi hai nemmeno lasciato la scarpetta."

Mi aspettavo per lo meno un sorriso, ma rimase impassibile.

“Mi devi un caffè. Non m’inviti a bere un caffè?”

Finalmente si mise a ridere e rispose: “Perché non m’inviti tu? Magari accetto.”

“Hai voglia di un caffè?”

“No. E poi non ho molto tempo.”

Aveva proprio un bel caratterino!

“Nemmeno io. Non ho voglia di caffè, e non ho tempo, non so nemmeno perché te l’ho chiesto.”

Non capivo dove volesse arrivare, ma mi piacevano le sue provocazioni e non volevo dargliela per vinta.

“Facciamo un’altra volta. È meglio” concluse girandosi e dirigendosi verso la cassa.

Io la seguii e poco dopo uscimmo. La salutai e la baciai su una guancia. Lei si mise a ridere coprendosi le labbra con le mani. Mi parve di sentirla dire qualcosa.

“Hai detto qualcosa?”

“Sarai anche carino ma mi sa che sei un po' sordo.”

“Giuro, non ho sentito.”

“Ti va un caffè?”

Pensai di risponderle con una battuta, ma mi sembrò troppo seria e forse una battuta, a quel punto, sarebbe stata di troppo. Mi sembrò di sapere cosa fare e come farlo, perciò le dissi: "Certo."

"Adesso?"

"Adesso" risposi afferrandole una mano.

Lei tentò di aprire l'ombrello ma era rotto, allora mi levai il cappotto e la coprii. Mentre camminavamo sotto la pioggia pensai che forse avevo finito il caffè, e che mi erano rimaste sì e no un paio di bustine di zucchero rubate al bar. Ricordai che la casa era un disastro e che il letto puzzava ancora di Elisabetta. Mentre salivamo le scale pensai che forse lei non volesse venire nel mio appartamento. Pensai a queste cose e a molte altre, fino a quando non cominciai a sentire i suoi baci sul mio petto. Dio mio! Fu il mio ultimo pensiero cosciente. Forse fu colpa della musica che c'era nella libreria, di tutta quella polvere, di quella pioggia o dei suoi capelli raccolti dietro l'orecchio, forse fu merito mio, ma quasi sicuramente fu colpa sua se per tutto il pomeriggio ci scopammo sul divano, e poi sul tavolo della cucina, per terra, sul letto, contro l'armadio e dietro la porta. Era in ginocchio davanti a me quando le dissi che la amavo nell'unica maniera che mi venne in mente in quel momento: "Posso venirti in bocca?"

Poco dopo eravamo distesi sul tappeto del salotto, impegnati a rotolarci come dei ragazzini, scivolosi di sudore. Ansimava forte sul mio petto e la sua mano era incollata al mio uccello. Io le pettinavo i capelli con le dita mentre guardavo il soffitto, con gli occhi persi nel vuoto come un tossico in piena estasi.

"Non voglio nasconderti nulla" disse a un tratto.

Io rimasi in silenzio, ad ascoltare la sua voce e a godermi la sua mano.

"Sono sposata, te l'ho già detto, e… - si fermò per un attimo e sospirò – sto divorziando da un uomo violento. Ho due figli. Ho qualche anno in più di te e… non so che altro dirti."

"Dirmi cosa?"

"Non lo so. Te l'ho detto: sono sposata e…"

La presi per le spalle. Mi avvicinai alla sua bocca e la baciai, poi le leccai il collo e le spalle. Le ciucciai le tette e infine ficcai la testa tra le sue gambe. Il suo odore mi faceva impazzire, più della carta, più dell'inchiostro. Ricominciammo a fare l'amore, a sudare e a venire. Quando finì questa volta non ci furono quelle parole tristi, quel dolore sul suo volto, ma sorrisi e baci felici. Poi lei iniziò a piangere mescolando le lacrime con tutto il resto. Si toccava e arricciava i capelli, li spingeva dietro l'orecchio e si mordeva le labbra come se volesse dirmi qualcosa d'altro. Per via di quei gesti e di un po' di silenzi iniziai a innamorarmi di lei.

"Come ti senti?" chiese.

"Penso di essere felice" le risposi.

"Davvero?"

"Sì, davvero."

Rimase in silenzio baciandomi e toccandomi.

"Ti sembrerà strano, ma le tue lacrime mi piacciono. E tu come ti senti?"

"Non so. Non so se posso dire di essere felice. Sembra felicità ma non è proprio così. È qualcosa di particolare."

La sua voce tremava e i suoi occhi brillavano di una luce strana, malinconica e perfetta. Quella donna possedeva la sensualità. Quel che intendo dire è che possedeva eleganza mista a dolcezza, una cosa della quale oggi la maggior parte delle donne non ha mai sentito parlare.

Continuammo a parlare fino a tarda sera e intanto scopavamo e venivamo e venivamo e venivamo. Quando io pensavo ormai di non farcela più, mi sorrise guardandomi negli occhi,

"Devo andare adesso. Devo tornare a casa."

"Mi dispiace" le dissi.

"Davvero?" mi chiese baciandomi e allacciandosi il reggiseno.

"Davvero."

Si alzò sulla punta dei piedi e mi baciò, poi mi disse: "Se non mi lasci la mano non potrò andare. Mandami via. Ti prego."

Terminò di vestirsi e poco dopo scendeva le scale voltandosi per sorridermi a ogni pianerottolo. Tornai in casa e cominciai a sentire una stretta al petto. L'avevo lasciata andare via senza chiederle nulla e senza prometterle niente. Mi misi a scrivere, senza vino né birra sul tavolo o in frigo. Niente da fumare e nulla da bere, e un senso di soffocamento simile al mal d’aria. Continuai a scrivere e a guardare la pioggia finché gli occhi non ce la fecero più.

***

IX

Aveva piovuto per tutta la notte ed io ero sveglio da un paio d'ore. Avevo fatto una colazione abbondante in compagnia di Anna e stavo per telefonare ad Antonella. Provai per tutta la mattina. Continuavo a sentire lo stupido *driiin* dall'altra parte della cornetta. *Driiin-driiin-driiin*. Non la smetteva più. Niente segreteria, niente di niente, nemmeno la voce meccanica che dice che il telefono non è al momento raggiungibile o che la persona che stai chiamando è impegnata in un'altra conversazione. Nessuno dall'altra parte mi rispondeva e nemmeno mi buttava giù. Le scrissi un paio di messaggi ma non ebbi risposta. Messaggi neutri, qualcosa come *Ciao, come stai? Tutto bene? Mi ha fatto piacere la tua compagnia. Ho voglia di rivederti.* Restai con il telefono in mano fino a mezzogiorno, quando iniziò a squillare. Guardai lo schermo: *ANTONELLA*.

"Sì, pronto."

"Chi è lei?"

Sentii una voce maschile dall'altro capo e mi si piegarono le gambe.

"Mi dica prima chi è lei."

"Sono il marito della signora a cui sta telefonando da ore. Si può sapere perché continua a chiamare mia moglie? È un suo amico? Cosa vuol dire con mi ha fatto piacere la tua compagnia? Chi cazzo è lei?" Il tipo era incazzato.

"Ascolti, - continuò – cosa vuole da mia moglie?"

In un nanosecondo pensai che non sapesse niente, altrimenti mi avrebbe già minacciato. Dissi la prima stupidaggine che mi venne in mente.

"Ascolti, chi è lei? – dissi alzando la voce e fingendo di essere incazzato pure io – Come si permette? Io sto cercando una mia amica e certamente non è sposata con nessuno. Si chiama Anna, ed è di Milano. C'è Anna lì? E lei chi è?"

Il tipo non disse nulla per un attimo, poi aggiunse, seccato:

"Qui non c'è nessuna Anna di Milano. Ha sbagliato numero."

Sentii il *tuuu-tuuu*, lo stronzo aveva buttato giù e io avevo perso un paio di anni di vita con quella cazzo di telefonata. Non me ne andava una liscia, merda. Rimasi in cucina a pensare per tutto il pomeriggio. Non capivo perché cazzo aveva risposto lui e perché se la stava prendendo tanto a cuore, se stava divorziando da sua moglie. Non aveva senso richiamarla, e così aspettai seduto davanti alla tivù sorbendomi il programma culinario di una ex giornalista idiota. Verso le sei mi arrivò un suo messaggio: *Ciao, scusami per tutto quello che ti sto facendo passare. È colpa mia. È meglio che non ci rivediamo più. Ti prego, non cercarmi altrimenti è un casino. Scusami. Addio. Antonella.* Non avrei ma voluto leggere quelle parole. Non potevo rispondere; anche se avrei voluto chiamarla, scriverle, temevo di combinare un casino. Avevo paura che lo stronzo di suo marito potesse picchiarla. Decisi che il meglio per entrambi fosse cancellare il suo numero, e dopo una mezz'oretta feci in modo che l'alcol prendesse possesso della mia mente.

Giuda si dava da fare a riempirmi il bicchiere di rum che io continuavo a spostare nello stomaco. Pian piano iniziai a sentirmi meglio, ma presto tutto quel liquido mi avrebbe, come un buon amico, portato a puttane. Quando tornai a casa avevo una bottiglia di vino in mano. Aveva smesso di piovere, la strada era piena di fango e l'aria umida mi bruciava i polmoni. Avevo una voglia matta di piangere, di urlare, e di fare un salto giù, in fondo al fiume in piena, per addormentarmi sul fondo, con lo sguardo fisso alle stelle. Pensai che forse morire non è solo una parola, e vivere è molto meno di quanto si possa pensare. Chissà, forse è tutto un punto di vista, esattamente come la fame e la sbronza, l'amore e l'odio e tutte le altre cose. Pensai che durante il mio soggiorno su questo pianeta forse ero sempre stato fottuto, o forse ero salvo come nessuno mai. Continuavo a dirmi che forse non c'era nulla da salvare o da condannare, e che anche tutti quei maledetti forse non avevano alcun senso. Guardai la vetrata di un negozio di paramenti sacri, e vidi uno con la mia faccia che mi fissava e mi domandava: "Devi fare tutta sta fatica per esistere? Per comprare il pane dal panettiere, il vino al bar, per pagare le puttane così che possano saldare le bollette, per dare la possibilità a uno sconosciuto di giudicarti una volta in più, per tenere in pensiero una madre e litigare con il primo disgraziato che incontri al bar? Fai tutto questo per scoparti la tipa di un poveraccio innamorato e per amare una donna che qualcun altro si scopa? Beh, se non lo sai, te lo dico io, la vita è come un cane che si morde la coda e tu non sei altro che la sua rabbia, la sua fame, la sua sete, la sua voglia di scopare e di marcare il territorio. Sei spinto soltanto dalla voglia di esistere, e non sai nemmeno tu per quale motivo del cazzo vuoi continuare a farlo. Nel frattempo cerchi di fare qualcosa che ti possa soddisfare fino al momento della tua morte e speri che sia il meno traumatico possibile. È vero?"

"Sì, è vero " risposi a me stesso.

Mi voltai e lasciai lì sul vetro quella brutta faccia. Poco dopo arrivai a casa, mi scolai il vino, feci partire Blues De Lux di Jeff Beck, mi buttai sul divano, spaccai il collo della bottiglia e iniziai a scarabocchiare sul polso sinistro. Le gocce di sangue che cadevano sulle piastrelle iniziarono a prendere una forma strana, assomigliando sempre di più a quei disegni che gli psichiatri fanno vedere ai serial killer nei film. Non provavo dolore. Non provavo niente. Mi sentivo a posto. Era tutto a posto. Andava come doveva andare perché, dopotutto, sapevo che la vita era un cane che si mordeva la coda. In fondo non stavo cercando di morire e sapevo che tutto quel sangue per terra non era abbastanza. Stavo commettendo l'errore di credere negli altri, dimenticando di avere fiducia nell'unica persona che mi amava e mi mandava a quel paese con lo stesso disinteressato sentimento, me stesso. Dopotutto tutto quel sangue era il mio e non mi andava di sprecarlo per gli altri. Non ero Gesù e non avevo un padre pazzo come il suo.

***

X

Una settimana dopo la notte in cui avevo imbrattato malamente di rosso il pavimento del salotto ero già tornato ad abituarmi a quella vita e persino a Elisabetta. Ricominciai a lavorare, nel bar dove lavorava Elisabetta perché lei ci aveva messo una buona parola. Lavoravo in nero così prendevo ancora i soldi della disoccupazione. Il lavoro era quello che era e non mi potevo lamentare, prendevo un sacco di soldi e non avevo il tempo di spenderli. Avevo capito che quello era il segreto del risparmio: non avere tempo per andarsene in giro con le tasche piene. Eli era sempre la solita ragazza con gli scheletri nell'armadio, che ascoltava musica decente, fumava e si ubriacava, a parte il fatto che non riceveva più telefonate strane e non andava più a bere nei locali dei fighetti. Non avrei potuto dire di meritarmi di meglio e per lei era lo stesso. Quel modo di vivere era come una pozione magica i cui ingredienti, assunti in modo adeguato e in certe quantità, mi rendevano sopportabile l'esistenza. Non avevo tanto tempo libero, ma quando mi capitava l'occasione scappavo da Giuda e pensavo ad Antonella. Quella donna era diventata un pensiero fisso. Una sera mi misi a chiacchierare con il barista che per l'appunto mi chiese di Antonella.

"L'hai più rivista la tipa della camicia e dei pantaloni? Eh?"

Io ero sbronzo e fatto di coca, così risposi: "Che cazzo me ne frega di quella puttana!"

"Sai, amico mio, ci sono donne che entrano nella vita di un uomo e gli scopano l'anima."

"E io cosa dovrei farci?" domandai, prendendo la bottiglia di rum e riempiendomi il bicchiere.

"Dovresti sapere che lei è una di quelle donne e tu uno di quegli uomini."

"Quindi?"

"Quindi non dovresti chiamarla puttana. Ti ha insegnato ad amare."

Rimasi in silenzio. Sapevo che non aveva finito il suo sermone.

"Puoi avere tutte le donne che vuoi, le loro braccia, i loro baci, le loro lacrime e i loro cuori. È facile, ma dimmi, tu a chi avrai il coraggio di dare il tuo cuore? A quale donna brinderai, anche se starai baciando le labbra di un'altra e sarai tra le gambe di altre cento?"

Qualcuno mi aveva raccontato che quel barista odiava sua moglie perché aveva scoperto che lei si scopava un paio di tipi oltre fiume, ma non avrei mai creduto che avrebbe cercato di farsi bello facendo una ramanzina proprio a me. Quelli con cui scopava sua moglie erano pieni di soldi e senz'anima, gente che brillava, per donne come quella del barista. Io pensai ad Antonella. Sapevo che probabilmente era ancora con quell'idiota di suo marito, che assomigliava a uno dei tizi che si scopavano la moglie del barista sapientone. Era assurdo, mi ero fatto l'idea che tutti, in quella città, fossero in un modo o nell'altro mossi come burattini da chissà quale dio in piena sbornia. Per me tutto era sopportabile finché avevo dell'alcol nello stomaco e in tasca una pallina di cellofan piena di coca. Avrei potuto essere la cavia perfetta per

Freud, ma in realtà non ero altro che la cavia perfetta di me stesso. Cocaina e alcol volevano dire euforia e malinconia, erano come i piani di un palazzo, percorrendoli potevo trovare un piano sporco e poi uno pulito, uno con la puzza di cane e l'altro con delle belle piante fiorite accanto alle porte, e così via. Era come stare sulle montagne russe ma mi andava bene, per me tutto filava liscio, nel bene come nel male. Anzi, a volte nel male le cose filano meglio, come il giorno in cui pensai bene di non andare a lavorare e mi rintanai in uno di quei posti oltre fiume dove la gente cosiddetta perbene andava a farsi l'aperitivo e sognava i sogni degli altri con quel poco che possedeva. Piazza Erbe traboccava di gente, uomini pieni di soldi e tizi con un lavoro precario, magari con un sacco di debiti ma con l'aria da ricchi. Poi c'erano le donne, che se ne stavano lì in attesa di qualcosa che poteva anche essere un colpo di pistola in testa. Tutte in tiro e con un bicchiere in mano, quelle puttane erano alla ricerca del tizio ricco o di quello quello vestito di marca dalla testa ai piedi, ma anche di quello con l'automobile costosa. Ridevano a ogni cazzata che sentivano e andavano a occupare i sedili in pelle con la speranza di rimanere incinte per poi divorziare dall'idiota di turno che pensasse che per donne come loro l'amore e il denaro sono due cose separate. A parte la marea di insetti a due gambe e al casino di voci e rumori provocati dai brindisi, quella era una serata splendida per bere. Mi sedetti a un tavolo del caffè Dante, in fondo alla terrazza, con le spalle al muro, e ordinai al cameriere una bottiglia di vino da bere mentre aspettavo il tramonto. Avevo la sensazione che qualcuno mi avesse invitato in quel posto di plastica, ma presto avrei capito perché il caso mi aveva portato a scegliere proprio quel posto, quella sedia e quella bottiglia di vino.

Il cameriere mi versò il vino che gli avevo ordinato e mi chiese di assaggiarlo con un'espressione perplessa stampata sulla faccia.

"Va bene. Va sempre bene."

"Voleva questo, vero?"

"Sì. Sì" risposi senza farci tanto caso.

Lasciò la bottiglia e si levò dalle palle con i miei soldi in tasca. Chiusi gli occhi e mi portai alla bocca il calice di vino sperando di essere da un'altra parte, in un altro mondo. Sentivo solo il rumore dei bicchieri che sbattevano gli uni contro gli altri e mi ronzavano in testa tutte quelle voci che somigliavano sempre più a quelle di demoni. Era l'ora dell'aperitivo e io c'ero in mezzo come una larva di zanzara in mezzo a tutte quelle anguille. Il telefono cominciò a squillare, era il capo ma non risposi. Avevo deciso che non sarei più tornato in quel buco a servire birre e piadine. La bottiglia era ormai quasi vuota e tutto procedeva per il peggio, non ero ancora ubriaco e mi stava venendo l'ansia al pensiero di dovermi alzare per attraversare quella piazza piena di manichini esclusivisti. Cominciai a guardarmi in giro sperando di ritrovarmi miracolosamente abbastanza ubriaco da avere il coraggio di ficcarmi in mezzo a quella folla angosciante. Dovevo assolutamente raggiungere il bar di Giuda. Mi scolai tutto d'un fiato l'ultimo bicchiere, ma alzando la testa notai Eli intenta a ingoiare ostriche e prosecco mentre il tizio dei fiori le palpeggiava il culo. Rimasi per un po' a fissarli a bocca aperta mentre i due stronzi si ficcavano a vicenda la lingua tra le labbra. Lei teneva in una mano un mollusco e nell'altra un bicchiere mezzo pieno. La guardavo sorridere e chiacchierare con disinvoltura, sembrava felice. Con me non era mai stata così contenta a parte quando la scopavo. Dopotutto la capivo, sapevo bene com'era fatta e lei sapeva altrettanto bene che io non avrei mai mangiato quella roba e nemmeno mi sarei mai ficcato nello stomaco tutta quell'anidride carbonica. La cosa che mi sorprendeva di più è che non ero incazzato. Non riuscivo a spiegarmi perché, ma non mi veniva voglia di alzarmi e sputarle addosso. Cominciai a immaginare la scena: *Ti avvicini al loro tavolo e sputi sulla sua faccina da bambola. Lui s'incazza e tu ridi. Lui s'incazza ancora di più e tu lo picchi, e lei inizia a piangere davanti a tutti mentre un cameriere cerca di separarvi. Lei ti graffia e tu continui a ridere. Un altro cameriere sta chiamando la polizia. Tu continui a ridere e pensi se sia il caso di picchiare anche lei. Poi vedi arrivare quelli con i pantaloni con le righe rosse e decidi di scappare.*

Una voce fuori campo mi riportò alla realtà.

"Signore. Vuole dell'altro vino? Signore. Signore."

"Cosa?"

Era il cameriere che nella mia mente cercava di separare me e il tipo.

"Vuole dell'altro vino? Signore."

"No. Me ne vado. Grazie."

Mi alzai e guardai verso il tavolo di Eli. Era troppo lontana e impegnata a succhiare molluschi per vedermi. Avevo il cuore a mille, ma quel rumore triste che sentivo solo io non aveva importanza.

“Ciao” dissi al cameriere.

“Arrivederci” rispose.

Dopo qualche passo cominciai a sentire l’ebbrezza del vino. Pensai che sarei potuto tornare sui miei passi, prendere Eli per mano, e portarla a casa. Poi avremmo bevuto del vino. Lei mi avrebbe detto che lui non era importante, che era solo un errore. Poi avremmo cominciato a baciarci e a scopare. Io le avrei baciato le tette, lei mi avrebbe succhiato il cazzo e poi lo avremmo fatto sul divano, in bagno e in cucina, sul lavandino e sul comodino. Mi avrebbe rotto un’altra camicia ed io le avrei strappato un altro paio di collant. Sarei venuto annusando il profumo della sua pelle e lei mi avrebbe detto:

“Mettimelo dentro ancora.”

Io ci avrei dato dentro di nuovo e lei avrebbe detto:

“Ancora. Tutto dentro.”

Diceva sempre così.

Ma poi sarebbe tornata a bere prosecco e a mangiare ostriche, e quando si fosse stancata avrebbe voluto di nuovo il mio cazzo nella sua bocca. Così quando arrivai a casa presi tutta la roba della mangiatrice di ostriche e la buttai nel cassonetto dell’immondizia, poi sprofondai nel divano fumando ganja e ascoltando gli Egocentrics. Rimasi lì a fissare il cellulare, leggendo e rileggendo l'ultimo messaggio di Antonella, finché non presi sonno. Mi svegliai a mezzanotte con la voglia di di farmi un giro, ma non sapevo dove andare perciò tornai da Giuda. Come al solito incominciai a bere. Non so perché, ma pensavo che fosse meglio che starsene in casa a deprimersi o farsi succhiare il cazzo da una bocca che sapeva di ostriche. La nottata finì con un'altra sbronza.

***

XI

Avevo un alito da far schifo, mi girava la testa e non ricordavo nulla delle ultime dodici ore. La luce del sole mi aveva faceva capire che era già pomeriggio. Ero di nuovo disoccupato e con una sbornia da smaltire, perciò avevo un sacco di tempo libero. Quel poco di coca che mi era rimasto in tasca mi fece passare la voglia di buttarmi sotto la doccia. Avevo fame e sete, ma non mi andava di lavare i piatti accumulati in quattro giorni solo per farmi della pasta. Era venerdì, ultimo giorno della settimana in cui si poteva cenare a prezzo fisso. Da Giuda servivano sempre dei fusilli con ragù di cinghiale, quello in scatola, poi un secondo e un'insalata di fagioli e cipolla, che andava benissimo per essere un menù fisso da undici euro. Un quarto di vino e un caffè erano inclusi nel prezzo. Era tutto quello che mi occorreva quel giorno.

Naturalmente il vino non bastò. Quando finii di mangiare erano le tre e mezzo, andai al bancone a pagare e il barista disse: "Non bastano."

Lo guardai per un attimo e mi ficcai le mani in tasca in cerca di qualche monetina. Avevo quasi quindici euro. Li misi sul bancone.

"Non bastano. Sono trentacinque."

Il tizio dietro al bancone sembrava maledettamente serio e mi guardava male.

"Come non bastano? - gli dissi - Undici c'è scritto."

“Sì, come no. Dai, lo sai. Ieri ti sei portato a casa due bottiglie di vino. Hai detto che le pagavi oggi.”

Andai indietro con la memoria, ma non riuscii a ricordare niente di quello che era successo dopo le ventidue, a parte una birra media e un paio di discussioni con dei clienti arroganti. Per quanto ne sapevo io non avevo bevuto niente di che, niente che potesse costare trentacinque euro.

“Come vuoi. Te li porto. Domani o forse dopo. Come vuoi. Tanto bevo solo qui. Non preoccuparti. Non scappo.”

“Come ti pare” rispose il tipo, e sbuffò.

Il fatto è che non mi andava di farmi rompere le palle per quella misera cifra, non da un barista che doveva a me una buona parte del suo stipendio. Quei soldi non avevano importanza per me, ma mi ero incazzato perché per lui ne avevano troppa.

“Ehi, portami una bottiglia di vino. Quello che ti pare. Basta che sia rosso.”

Il tizio mi fissò come si fa con la gente che beve a scrocco.

“Intanto vado a prendere i soldi” aggiunsi. Gli feci un sorriso da orecchio a orecchio e andai in fondo alla strada, al bancomat, e tornai al bar.

“Tieni. – gli dissi – E tieniti anche la bottiglia di vino. Potevi almeno aprirmela.”

Il tizio mi guardò malamente.

Incominciai a bere con l'intenzione di finire la bottiglia. Ero abbastanza annoiato e avevo abbastanza palle da scolarne un'altra e così feci. La terza mi stava già aspettando sullo scaffale. Sull'etichetta della bottiglia c'erano disegnati il volto di una bella donna e una scritta in rosso. Mezz'ora dopo il barista si allungò sul bancone sorridendo.

"Questa è l'ultima che mi è rimasta. Poi, se vuoi, ho il cabernet. Basta che mi dici."

Il tizio era diventato più socievole, aveva smesso di guardarmi male e mi cambiava il bicchiere ogni volta che finivo una bottiglia. Andammo avanti così per tre o quattro ore, io a bere vino e lui a cambiarmi i bicchieri. Finalmente avevamo trovato un accordo.

"Senti, - gli chiesi - che cos'ho combinato ieri sera?"

"Ah, il solito" poi si mise a sghignazzare come se stesse per raccontarmi una barzelletta.

"Allora?"

"Beh, hai bevuto finché hai potuto e poi te ne sei andato a casa."

"Nient'altro?"

"Ah, - aggiunse grattandosi la fronte stempiata - hai litigato con un paio di tizi e poi hai parlato di una tipa. Continuavi a dire che suo marito era incazzato con te perché gli scopavi la moglie. Poi..."

“Poi cosa?”

Ero sempre curioso di sapere che cavolo combinavo da ubriaco. Sapevo che ero uno spasso ma ogni tanto avrei voluto divertire anche me stesso.

“Poi, mi pare che tu le abbia scritto un paio di messaggi. E poi…”

“E…?”

“E te ne sei andato incazzato perché non ti ha risposto. Chissà che le avevi scritto!”

Il tizio si girò e iniziò a lavare le tazzine. Non riuscivo a credere di aver fatto quelle cose sotto l’effetto dell’alcol, o forse sì. Con ogni probabilità avevo scritto ad Antonella, e se fosse stato così speravo soltanto di non aver definitivamente sepolto ogni possibilità di rivederla. Pensai che la cosa migliore da fare fosse quella di controllare il telefono, e poi chiedere scusa se fosse stato il caso.

Non ero lì al bar per festeggiare qualcosa, ma decisi di dedicare un sorso a Eli. Ero sempre più sollevato al pensiero di averla definitivamente fatta uscire dalla mia vita. Sapevo anche che non ero al bar per dimenticare qualcosa, e nemmeno per ricordarla. Era solo una questione di malinconia, quel male di vivere sopportabile soltanto con un altro bicchiere e poi un altro e un altro ancora. Come tutti gli ubriaconi anch’io parlo a sproposito, e la sera prima mi ero sicuramente confessato con il barista. Quelli che lavorano dietro i banconi dei bar diventano dei preti confessori per gente come me, un po’ come i parrucchieri, solo un po' meno finocchi. Se ne stanno lì ad ascoltare le confessioni di noi pessimisti dalle grandi speranze, fingendo di crederci quando diciamo che non vorremmo altro che morire. Per questo le sue parole non mi avevano sorpreso.

"Chissà che le hai scritto!" disse guardandomi con la coda dell'occhio, mentre continuava a strofinare le tazzine con una spugna lercia.

Vaffanculo. Sapevo benissimo di aver detto più di quanto avrei dovuto, ma avevo fatto quello che ritenevo giusto, e a quel punto non potevo fare altro che sperare di non aver scritto una cazzata di cui pentirmi. Tirai fuori i soldi che mi erano rimasti in tasca e glieli buttai sul bancone.

"Fatteli bastare. La bottiglia me la porto a casa. È rimasto poco o niente."

"Non preoccuparti vecchio. Casomai saldi la prossima volta."

Il tizio continuava a ridere. Probabilmente pensava di starmi simpatico. Non era così.

"Non chiamarmi vecchio, cazzo. E con tutto quello che bevo e il casino che ti combino ogni volta che sono ubriaco... beh, potresti anche essere meno tirchio una volta tanto."

"Ti sei incazzato?"

Il coglione continuava a mostrarmi il suo sorriso da idiota, un risolino che derivava da un autocompiacimento insopprimibile.

"Vecchio, come ti butta, grande, forte, mitico". Ti sento dire tutte queste cazzate da mesi e non ho ancora capito cosa intendi dire. So che ti diverto molto quando sono ubriaco. Mi sbaglio?"

Il tizio rimase un attimo in silenzio e poi disse:

"Sì. Sei forte."

"Perfetto. Sono forte e simpatico. E ora mi faccio offrire da bere poi me ne vado a casa e tu ti fai bastare i soldi che ti ho dato."

Mi stavo visibilmente incazzando. Forse era il pensiero di aver combinato una cazzata con Antonella, o forse era il vino che mi stava convincendo che mi ero fatto servire per mesi da un completo idiota.

"Beh, ciao. Ci si rivede." conclusi.

Lui non rispose. A quel punto non mi rimaneva altro da fare che tornare a casa e consultare i messaggi della sera prima. Dopo mezz'ora ero sul divano di casa mia, sulla strada giusta per un'altra sbornia. Il vino era quasi finito e non c'era traccia di messaggi nel mio cellulare. Forse non li avevo mandati. Forse avevo parlato a cazzo. Forse era un incubo dentro a un sogno a occhi aperti, appoggiato al bancone. Forse avevo fatto le cose perbene, così per bene che soltanto il mister Hyde dentro di me poteva assicurarsi che non avessi combinato una cazzata. Pensai che se mi fossi ubriacato di nuovo forse sarei riuscito a capire quello che avevo combinato la sera prima, così tornai al bancomat e poi andai al bar. Il barista di qualche ora prima non c'era più, ringraziando

Dio. Toccava a Giuda guidarmi verso una spiaggia che conoscevo molto bene.

Iniziai col rum. Tutto si stava svolgendo come sempre, faceva sempre più caldo e io mi sentivo sempre più euforico. Presto arrivò la mezzanotte e con lei quel vampiro di Eli. Io me ne stavo lì, appoggiato al solito bancone di legno, pacifico come un morto deceduto sulle tette di una bella donna.

Stavo chiacchierando con Giuda, si parlava della vita, quando a un tratto s'interruppe.

"Ehi, guarda chi c'è, – sbuffò - la tua fidanzata. Deve aver finito di lavorare."

Non feci in tempo a voltarmi che mi si stampò uno schiaffo sulla guancia sinistra, il rumore si sentì in tutto il locale. Gli occhi di tutti puntarono su di noi.

"Stronzo. Come ti sei permesso?" disse con gli occhi fuori dalle orbite. La sua faccia sembrava scoppiare di rabbia.

"Che cosa?"

In quel momento non capivo di cosa stesse parlando, ma anche se ci fossi riuscito ero sicuro che non si trattasse di nulla di così grave da meritarmi uno schiaffo.

"Che cosa? Ma ti rendi conto di quanto stronzo sei?"

Ero ubriaco, e lei sapeva bene che in quelle condizioni non c'era cosa che amavo di più di una sberla datami da una donna, e la parola stronzo a seguire.

"Sei ancora ubriaco!" continuò urlando e strattonandomi per la camicia.

"Sono costretto a bere altrimenti potrei inciampare sulla strada della vita, magari pestando qualche sassolino."

"Che cazzo vuol dire? Che cazzo stai dicendo?"

"La verità. Tu che cazzo stai dicendo? E levami le mani di dosso prima che…"

"Prima che cosa?"

Dato che non bastava la sua voce acuta a farmi incazzare si era messa pure a farmi i sermoni tirandomi per la camicia.

"Quando bevi, devi pensare a quello che dici. Hai capito? Non sei capace di fare niente. Sempre ubriaco. Non pensi ad altro che a bere e a ficcare il tuo cazzo da qualche parte, come fanno tutti gli uomini."

Continuavo a guardarla senza dire nulla. Ero curioso di sapere quando si sarebbe stufata di dire cazzate.

"Sei andato a dire in giro i cazzi miei! Ecco cosa. E mi hai fatto pure passare per una puttana."

"Toglimi una curiosità. – dissi riempiendo di nuovo il mio bicchiere e porgendoglielo - Quando e cosa avrei fatto, io?"

"Ieri sera, in questo posto del cazzo. Ma che cazzo vai a dire in giro? Che mi scopo dei tizi in giro per un paio di ostriche e un po' di vino? Ti pare?"

Iniziai a ricordare. Lei non aveva preso il mio bicchiere, forse non voleva bere il mio rum. *Tanto peggio*, pensai e lo buttai giù tutto d'un sorso.

"Mi stai ascoltando? Stronzo che non sei altro."

"Sì. Sì, ma non urlare."

"Allora?"

Presi la bottiglia di rum e mi alzai dallo sgabello.

"Allora cosa? Vuoi che lo ridica?"

Strinse le labbra e deglutì.

"Ecco... Ero al caffè Dante l'altro giorno. Me ne stavo lì, bello pronto ad affrontare un'altra serata. Non ero andato al lavoro ma a questo punto io credo che tu l'abbia capito. Tu eri lì, di fronte a me, che succhiavi ostriche e ingoiavi in continuazione anidride carbonica con quel tuo amico. Come si chiama? Insomma, il tizio delle rose."

"Basta così." disse picchiando un pugno sul bancone.

Mi prese per la manica della camicia e mi trascinò fuori dal locale. Mi fissò come una leonessa affamata che scruta la sua vittima, poi disse: "Perché fai così?"

“Precisamente?”

“Sì. Perché l'hai fatto? Dimmi perché vai a dire in giro queste cose?”

“Non lo so. Credo per lo stesso motivo di ieri.”

“E quale sarebbe?”

“Tu, le tue mutande sporche, il tuo ragazzo. E poi, lo sai, ero ubriaco.”

“Che cazzo dici?”

“Dico solo la verità. Ero ubriaco e non potevo fare altro se non dire la verità. Ci ho messo un po’ ma ce l’ho fatta finalmente. Sei contenta?”

“Che cosa vorresti dire? Che sono una puttana?”

Rimanemmo entrambi in silenzio. Lei probabilmente in attesa di una mia risposta e io sperando che il mio cervello inzuppato di alcol e rabbia mi consigliasse finalmente le parole giuste per offenderla e mandarla a fare in culo una volta per tutte.

“Dico solo che non ti ho mica obbligata a scoparmi. Tutto qui.”

Non replicò. Rimase lì immobile come una statua finché una lacrima non le scivolò su una guancia.

“Tu le cazzate le dici solo quando scopi e quando sei ubriaco” disse dopo un po'.

“No. A dire il vero quando scopo e bevo dico sempre la verità.”

Per un momento pensai che si sarebbe messa a piangere e poi avrebbe detto una delle sue frasi melense, intrise di sentimentalismo a basso prezzo. Invece no, invece mi sorprese con un altro schiaffo. Io la guardai per un attimo e le sorrisi. Quel sorriso in risposta a quel suo silenzio pieno di rancore era il miglior modo che mi venne in mente per mandarla a cagare.

"Sono incinta."

"Che cosa?"

"Sì. Ma non di te."

"E allora cosa vuoi da me, che lo mantenga io?"

"No. Sii serio per un momento. Voglio abortire. Voglio stare con te."

"Tu sei fuori di testa. Ti rendi conto di quello che stai dicendo?"

"Lo faccio perché ti amo."

"E scommetto che hai aperto le gambe a un altro per lo stesso motivo, perché mi ami, vero?"

"Esatto. È difficile da capire ma…"

"Vai ad abortire, a partorire… fa ciò che ti pare, ma non mi ricordare che ti ho leccato la figa con quel coso in pancia."

"Quel coso è mio figlio, hai capito? Brutto stronzo! Sei capace di pensare solo a te stesso!"

"T-U-O! F-I-G-L-I-O! Ben detto. E, a quanto pare, vuoi farlo fuori. Accomodati."

"Io ti amo, so solo questo. Che importa quello che è successo tra me e l'altro?"

Rimasi in silenzio limitandomi a guardarla con disprezzo. Io potevo fare la vita che facevo. Non avevo una donna a cui rendere conto, un figlio da sfamare e un lavoro ben pagato. Io sopravvivevo, lo facevo dappertutto, anche nei bar. E la cosa stupenda è che potevo farlo senza di lei. La avevo vista lì, seduta a bere vino con quel coglione delle rose. Ricordare quella scena mi dava la certezza che perdere o avere una donna come Elisabetta non fosse poi quella gran cosa. A quel punto lei disse qualcosa, si voltò e se ne andò singhiozzando. Il mio silenzio e il suo pianto ci avevano già fatto più volte compagnia, ma quella volta non era come quando accadeva nel letto o durante le sbronze, bensì l'unico modo che conoscevamo per dirci addio in modo definitivo. In quel momento provai qualcosa di raro, insolito quanto l'amore se non ancora di più, e molto più prezioso della conoscenza data da una sbornia malinconica. In quel momento mi sentii libero. Non sentivo più quel peso sul petto che era andato aumentando da quando la avevo conosciuta. Quella zavorra che mi stava soffocando lentamente, scopata dopo scopata, scusa dopo scusa, promessa dopo promessa. Presi una boccata d'aria e tornai al mio posto. Giuda si mise a ridere e un tizio che aveva visto la scena dalla finestra mi disse sottovoce:

"Ben fatto."

Guardai le loro facce e mi sentii soddisfatto di quel che avevo combinato. Giuda mi guardò e, senza bisogno di parole, mi riempì il bicchiere.

“Paolo.”

“Sì?”

“Mentre eri fuori ti è squillato il cellulare. Lo hai lasciato sul bancone.”

Non pensai a nulla e lessi il messaggio.

“Cazzo!”

“Che succede?”

“Giuda, senti questa! È Antonella! Mi ha scritto.”

Ero talmente sbronzo che pensai bene di festeggiare l’accaduto bevendo ancora di più, giusto perché quella sera avevo qualcosa di bello da festeggiare.

***

XII

La sbronza della sera prima mi era miracolosamente passata, avevo fatto una doccia, una colazione abbondante, mi ero messo una camicia stirata e avevo deciso di prendere il regionale delle undici e un quarto. Arrivai a Milano con tre ore di anticipo. Il messaggio diceva *Alle quattro, davanti alla sede de Il Giornale*. Andai al bar più vicino e mi misi a scrivere bevendo vino e caffè. Poi presi una birra e poi un'altra ancora, ma con la tequila. Il tempo passò e arrivarono le sei. Me lo ricordavo bene il messaggio di Antonella, diceva: *Alle quattro, davanti alla sede de Il Giornale. Comunque ti chiamo quando sarò lì. Non rispondere al messaggio. A domani. Un bacio.* Per essere sicuro di non aver sbagliato l'ora e il posto avevo letto una trentina di volte quella maledetta frase e intanto mi ero scolato un mucchio di vino, di caffè e di birre mentre speravo di vedere Antonella fuori dalla vetrata. Continuai ad aspettare fino alle otto poi me ne andai alla stazione dei treni. A quell'ora le mie gambe stavano iniziando a tremare e il mio stomaco chiedeva almeno un pezzo di pane. Ero sbronzo e triste, grigio come quella città, nervoso come le sue strade e dovevo assolutamente pisciare. Non facevo altro che fissare il tabellone degli orari per convincere me stesso che non c'era più nulla da fare se non salire sul primo treno per Verona. Lì sarebbe stato più facile affrontare tutto, lì c'erano Giuda e il suo bancone, c'erano l'umidità giusta e il mio sgabello sempre al solito posto. C'era tutto quello di cui avevo bisogno, persino Antonella era lì. La sentivo più presente in quel buco di bar, tra tutti quei maledetti personaggi con lo specchio al posto della faccia, tutti che si assomigliavano e io che rassomigliavo a loro. Era più facile per me trovare Antonella in quel posto, con qualche sorso di rum o un paio di bottiglie di vino, piuttosto che in quel cimitero di ferro, rotaie, pietra e qualche poliziotto impegnato ad ammazzare il tempo con le ronde.

"Ehi, scusami."

Avrei riconosciuto quella voce tra mille. Era la voce di Antonella. Mi girai, ci abbracciammo e ci sbaciucchiammo come se tutto quello stringersi e baciarsi fosse all'ordine del giorno.

"Scusami. Ero alla riunione. Mi si è scaricato il cellulare. Poi sono andata davanti al Giornale."

Parlava a perdifiato, ansimando come se avesse corso per tutto il pomeriggio.

"Poi, cos'ho fatto?"

Continuavo a guardarla tenendole le mani tra le mie. Aveva gli occhi lucidi e mi baciava le labbra tra una parola e l'altra, respirando dentro e fuori alla mia bocca.

"Ah, sì. Ho fatto il giro dei bar e la signora del baretto in piazza mi ha detto che eri stato là. Che eri rimasto fino alle otto. Che dolce! Ma io avevo il cellulare scarico ed ero in ritardo. Poi sono venuta qua e così..."

"Tranquilla. Non preoccuparti. Sono felice che tutto sia andato a posto. Alla fine ci dovevamo rivedere. Ci siamo riusciti. Importa come?”

“No. Certo. Ma…”

“Ma niente.”

La baciai. Andammo a fare i biglietti e salimmo sul primo treno per Verona.

Era un treno notturno e il vagone era completamente vuoto. Entrammo in uno scompartimento.

“Guarda cos’ho preso!” disse tutta sorridente.

Vidi l'eccitazione brillare nei suoi grandi occhi mentre tirava fuori una bottiglia di vino dalla sua borsa.

“Favolosa. Sei favolosa. Hai il cavatappi?”

“Certo. A te gli onori.”

Mi passò bottiglia e cavatappi e iniziò a strapparmi i bottoni della camicia. Era incredibile e lei lo sapeva, mi guardava con aria compiaciuta mentre le sorridevo e le toccavo i capelli. Io aprii la bottiglia e cominciammo a bere a canna. Iniziammo a ridere come pazzi e a dire un sacco di cose senza capo né coda. Fuori aveva iniziato a piovere e i vetri del finestrino si stavano lentamente appannando. Presi il suo foulard e lo usai per bloccare le porte scorrevoli, e tirai le tendine.

“Lascia aperte quelle del finestrino. Voglio vedere la pioggia che cade. Mi piace” disse.

Poi mi prese le mani, se le appoggiò sui seni e aggiunse: "Fai l'amore con me."

In un attimo fummo nudi, uno sopra l'altro, uno dentro l'altra. A lei erano rimasti addosso solo gli stivaletti, e io avevo ancora la bottiglia di vino in mano. Eravamo un mucchio di ossa e carne sui sedili impolverati dello scompartimento. Il treno sfrecciava in un paesaggio di campi cupi, di tanto in tanto si vedeva la luce di qualche casa lontana. A ogni fermata ci abbassavamo e ridevamo. Ci divertiva pensare che in quelle due ore di viaggio qualcuno potesse vedere due tizi arrapati, nudi come bruchi, lucidi di sudore e di saliva, e magari quell'impiccione non si sarebbe fatto i cazzi suoi e sarebbe andato a dirlo al capotreno. Quando il treno ripartiva ci alzavamo di nuovo e ci appoggiavamo dove capitava. Lì dentro faceva un caldo allucinante, tanto che a un certo punto lei aprì il finestrino e si sporse per metà tenendosi aggrappata al mio collo. Quello che facevamo era pericolosissimo ma lei non voleva saperne di staccarsi e io non me la sentivo di interrompere i suoi gemiti e quel suo sorriso. Quella bottiglia di vino finì troppo presto, come del resto il viaggio. A un certo punto da un altoparlante uscì una voce maschile: *Siamo in arrivo a Verona Porta Nuova.*

"Vienimi in bocca" disse Antonella.

La guardai per un attimo mentre baciava il mio cazzo, poi arrivò il familiare solletico seguito da una scarica elettrica, dai crampi alle mani e alle braccia e infine da quella voglia di urlare al mondo che ero vivo, che c'ero anch'io. Le continuava a sorridere maliziosamente senza togliermi gli occhi di dosso. Mi osservava dal basso in alto come se mi stesse sfidando e io sapevo che in ogni caso avrei perso.

Dopo tutto quello che era successo in quelle due brevissime ore, e dopo averla vista sorridere in quel modo, beh, non avevo alcuna voglia di scendere da quel treno. Avrei voluto passare tutta la notte in quello scompartimento impolverato a fare l'amore con quella donna, a fare l'amore con quei suoi occhi inginocchiati ai miei piedi.

"Ti va di rimanere sul treno? Rimaniamo qui finché arriviamo al capolinea. Ti va?"

Si alzò in piedi e mi baciò.

"Mio marito mi aspetta in macchina. È venuto a prendermi. Gli ho detto che sarei arrivata a quest'ora. Scusami ma devo proprio andare."

Mentre mi parlava, i suoi occhi sembravano leggere una poesia malinconica, sospesa nel vuoto, dei versi pesanti come la vita e tristi come la sensazione che si prova quando si fa l'amore con la persona che si ama e che si deve per forza abbandonare. Forse non sapevo cos'era l'amore, forse non avevo mai amato senza aspettarmi qualcosa in cambio, ma sono sicuro di non essermi mai sentito vivo come in quell'istante, e capii che mi andava bene lo stesso, che mi sarei accontentato, anche se non potevo fermarla.

Ci vestimmo in tutta fretta e scendemmo dal treno.

"Devo andare. Mi dispiace" ripeté due volte, si guardò attorno poi sorrise e mi baciò. Poi la baciai io e poi toccò ancora a lei. Sentivo di non potere fare a meno della sua bocca, delle sue mani, non ero capace di fare a meno di guardarla sorridere e di mettere le mani tra i suoi capelli. Sentivo che c'era qualcosa di malato, profondamente masochista e irritante in quello che stavamo facendo, ma sapevo anche che era l'unica cosa da fare. Due minuti dopo ci stavamo ancora baciando soltanto per aggrapparci a quel ramo che si sarebbe spezzato nel momento in cui lei si sarebbe staccata dalla mia bocca per uscire dalla stazione e salire in macchina con suo marito. Quel ramo si chiamava speranza e quella notte non sarebbe servito a nulla. Questo lo sapevamo entrambi, ma chiedemmo l'uno all'altra: "Ci rivediamo?"

Ci fu un momento di silenzio e poi un suo ultimo sorriso. Se ne andò dalla stazione senza voltarsi ma capii che piangeva. Quelle lacrime mi strozzavano la gola e allo stesso tempo mi rendevano felice, perché quel pianto era la sua risposta. Non poteva finire tutto lì, in una stazione, non poteva andare così anche se aveva un marito, dei figli, una quindicina di anni più di me ed io non possedevo nient'altro che dei pezzetti di carta nelle tasche. Ero sicuro che l'avrei rivista. Rimasi lì per un po', guardando il parcheggio dei tassì con la bottiglia vuota di vino in mano, che non volevo buttare perché c'era ancora un po' dell'odore di Antonella sul collo. Non avevo altra scelta se non tornare a casa perciò, dopo una camminata e con le tasche vuote, andai da Giuda per bere a credito. Dietro al bancone c'era di nuovo quel barista convinto di essere simpatico. Continuava a chiedermi di donne e di feste, poi iniziò a parlare dell'università e di politica. Non la smetteva più. Il posto era deserto e lui doveva tenere aperto fino alle due, così aveva pensato di ammazzare il tempo facendomi un sacco di domande. Io continuavo a guardare l'orologio sul muro e a bere rum, controllando quanto mancava alla fine di tutto quell'interrogatorio. Pensai che avrei potuto ucciderlo e bere fino al mattino, ma nelle condizioni in cui ero sarebbe stato più facile che ci rimanessi secco io. Ero fottutamente depresso e nella mia testa continuava a girare il film del viaggio in treno di un'ora prima. Il barista capì che ero strano e mi chiese: "Ehi, vecchio. Cos'hai?"

"Che risposta vuoi?"

"No, dai. Ti vedo giù stasera."

"Hai ragione. Che vuoi, capita a tutti di tanto in tanto."

"È come quando la tua squadra perde una partita a calcio. Ti senti sconfitto. No?"

"Vedila come ti pare."

"Comunque sconfitto. Eh? Eh già."

Non gli dissi più niente e lui non mi chiese altro. Sparì come un fantasma. Forse era il rum. Sì, probabilmente era il rum. Quella roba caccia via pure i fantasmi, non solo gli impiccioni.

"Ehi, ti senti sconfitto? Com'è, campione?"

Il fantasma del barista era svanito e ora in quel buco c'eravamo solo Giuda ed io.

"Tu invece, ti senti mai sconfitto?" gli chiesi facendogli cenno di riempirmi il bicchiere.

Prese una bottiglia nuova dallo scaffale e mi accontentò.

“Bevi. - disse sorridendo – Io mi sento sconfitto quando ho la mente lucida o quando non la tengo occupata. Tu?”

“Io? Diciamo sempre o quasi. A volte anche quando fotto.”

“E oggi hai scopato?”

“Oggi? Beh, no. Direi di no. Diciamo che oggi non credo nella felicità. Non mi riesce proprio di crederci.”

“A me invece capita quando finisco di scopare. Pure a te?”

“Pure a me, cazzo!”

Ci mettemmo a ridere e lui versò da bere per entrambi.

“Anche con lei? Anche stanotte?”

Lo guardai sbalordito, presi fiato e buttai giù il rum. Dopo quell’ultimo sorso ricordo solo di essermi addormentato sul divano del salotto, accanto a una bottiglia di vino vuota.

***

XIII

Passai una decina di giorni fuori di casa, un periodo in cui non ebbi il coraggio di scrivere o telefonare ad Antonella, sperando in una sua telefonata o un suo messaggio. Per tutti quei giorni la città diventò letteralmente la mia casa. Dalle sei alle diciotto passavo il mio tempo nei bar, nelle librerie o in giro. Per strada fissavo tutte le donne e in ognuna di loro cercavo Antonella. Loro rispondevano al mio sguardo girandosi dall'altra parte come se avessero incrociato un malato di peste, con un atteggiamento indifferente. La sera ammazzavo il tempo davanti ai banconi dei bar, al Majakovskij, Ai Preti, Al Cagnara o qualunque altro posto che chiudesse a tarda notte. Dormivo sulle panchine dei parchi o sui colli, in alto, sopra la città, guardando le stelle per non pensare a com'era la terra. Rimorchiai anche un paio di ragazze. Quando il vino e il rum non bastavano a combattere contro il freddo allora mi riparavo nei loro letti. Una lavorava in polizia ma era un gran troia rompipalle, non le andava niente bene e si spacciava per una gran intenditrice di opere d'arte. Diceva di volersi sposare con il suo ragazzo africano ma aveva bisogno ancora di tempo per cambiare vita. L'altra tipa invece in un certo modo era sincera e mi ricordava Eli, anche se era noiosamente astemia. A letto mi chiedeva delle cose assurde e poi diceva "Non capisco più dove sei". Riuscivo a sopportarla solo perché mi sembrava un'alternativa accettabile al freddo sulle panchine. A volte aspettavo che prendesse sonno per scrivere.

Quando s'innamora, la gente parla di stelle, di cielo, di tramonti, di aurore, di rose e dell'eternità. L'ho fatto anch'io, una volta, ma poi ho iniziato a scrivere perché era l'unico modo che conoscevo per fare l'amore con le stelle, il cielo, le aurore, i tramonti, le rose e l'eternità. Ho iniziato a scrivere per continuare a fare l'amore con la vita. Per me era l'unico modo di sopportare l'umanità: amare, bere e scrivere. L'ultima notte da vagabondo la passai da un paio di tizi con cui avevo lavorato nell'azienda di trasporti, Davide e Gianmarco. Erano ragazzi perbene, si facevano i cazzi loro e amavano bere. Quando finivo i miei turni nei bar, andavo da loro e bevevamo fino al mattino. In loro compagnia le serate erano più semplici e meno impegnative rispetto a quelle passate con le donne. Quelle esigevano sempre qualcosa, e il più delle volte lo facevano senza dire una parola, come se avessi dovuto capire per telepatia. Ero io che dovevo arrivarci, e se non ci riuscivo mi tenevano il broncio per ore.

Con i ragazzi, invece, finiva tutto in una sbornia piena di risate e di discorsi sull'esistenza. Con tutto quell'alcol che ci scolavamo, un gruppo di idioti alcolizzati come noi si credeva trasformato in un consesso di uomini saggi e sentimentali. Parlavamo di amore, filosofia, poesia, arte e pretendevamo di capire il senso della vita soltanto perché un po' di malinconia e qualche litro di alcol ci aveva suggerito la risposta esatta.

Una sera incontrammo un poeta che si era fatto sbattere fuori da un bar per aver scritto una poesia su un tavolo. Nessuno lo aveva apprezzato, ma io e i miei due compagni di bevute continuammo a parlare di lui e di quanto fosse splendido quello che aveva scritto. La poesia si intitolava Ampolla e diceva:

Siamo rinchiusi

Rinchiusi in un'ampolla

Amico caro, tu ed io

Rinchiusi nel vino

Nella lacrima di una donna

Che forse ha pianto

Forse per orgoglio

O per disgrazia

Perché no per pietà

Mentre siamo rinchiusi

In un'ampolla

Di vino o di lacrime

Tu ed io, amico mio

Una sera pensai bene di portare i ragazzi da Giuda per finire la serata bevendo rum di quello buono, quello che bevevo pensando ad Antonella. Erano le nove ed ero abbastanza ubriaco da essere pronto a tutto, ma anche abbastanza sobrio da riuscire a sorprendermi. Quando entrammo la vidi lì, seduta sul mio sgabello di sempre, a bere del vino e a parlare con l'uomo dal quale mi aveva detto di voler divorziare.

"Ehilà, Antonella. Ciao" dissi con tono sfrontato.

Lei capì come mi sentivo. D'altronde, come avrebbe potuto sentirsi un uomo, se non sfrontato e incazzato? In più avevo una sbornia carica di nervosismo. Avevo in mente di rovinare tutto, magari di baciarla davanti a tutti, magari di riempire di pugni la faccia di suo marito. Avevo le peggiori intenzioni e il cuore a pezzi, e avevo la sensazione che lei lo avesse capito.

"Come stai, cara?"

La abbracciai e la baciai sulle guance.

"Piacere, mi chiamo Carlo" ringhiò l'uomo.

"Piacere mio, Carlo. Sai, Antonella mi ha parlato molto di te."

"Ah, sì. E cosa ha detto?"

Avrei voluto dirgli che pensavo che fosse uno stronzo e che il Rolex che aveva al polso non lo rendeva meno cornuto. Ma sapevo che in questo modo il nostro primo incontro sarebbe degenerato in una rissa e che non mi sarei dimostrato migliore di lui, perciò gli dissi la prima cagata che mi passò per la mente:

"Che sei suo marito e che, se non sbaglio, avete un bellissimo bambino."

Mentre gli sparavo quel paio di cazzate, non riuscivo a non fissare le mani di Antonella. Così dissi:

"Mi sono venute in mente un sacco di cose."

"Come?"

Il tizio non aveva capito che avevo sparato la prima cosa che mi era venuta in mente. Lei sorrise. Nella mia testa si susseguirono una serie di flashback: le sue mani, il treno, la bottiglia di vino, la sua bocca e i rumori che faceva, e quel suo sguardo quando mi aveva guardato dal basso in alto.

"Sì. – aggiunse lei – Lui è il ragazzo di cui ti parlavo. Lo scrittore."

"Ah. Sì. Mi fa piacere incontrarti. Giusto l'altro giorno mia moglie mi parlava di te. Mi ha detto che scrivi."

Il coglione sorrideva mettendo bene in mostra i suoi denti bianchi da far schifo. Sembrava fatto di plastica con quelle sopracciglia depilate e una abbronzatura da centro estetico. Aveva un fare da grand'uomo con la puzza sotto il naso e continuava a fissarmi con gentile disprezzo, come se stesse guardando la carogna di un cane randagio.

"Hai qualcosa da farci leggere? Sono molto curioso."

Lo osservai per un attimo, poi guardai lei e tutti quelli che avevo intorno. Mi piaceva l'idea di metterlo in imbarazzo, e non desideravo altro che leggere. Avevo dei pezzetti di carta nelle tasche, dove avevo scritto un sacco di cose dedicate a sua moglie, e quello era un buon modo di presentare i miei lavori al pubblico. Perciò tirai fuori i foglietti e iniziai a leggerne uno a caso.

Contemplo nel buio lo spazio tra due candele e un insetto sul muro. Penso a quando la mia saliva, come un vino di baci, separava due scapole timide, in quella notte, in quel treno. Era un momento insignificante per le lancette dell'orologio dell'eternità, ma quando l'abbraccio si posò sulle sue spalle come fa la pioggia sui tetti di Venezia, a me parve di poter vivere per sempre. Ora sono come quell'insetto, troppo distante perché tocchi quella fiamma, ma abbastanza vicino da poter raccontare di averla vista. Ora me ne sto qui a impazzire con un breve ricordo che tramonta nell'abisso oscuro del dolore.

Mentre leggevo la faccia dello stronzo rimase muta. Antonella aveva gli occhi pieni di luce e io mi sentivo come quel pezzettino di carta stropicciato, incapace di fare altro se non dichiarare il mio dolore. Nel locale era calato un silenzio di tomba e le facce erano quelle di sempre. Ogni sera, a ogni sbornia, c'erano gli stessi ficcanaso, e ora erano lì che mi fissavano senza provare il minimo imbarazzo e senza dire niente, ma io sapevo benissimo a cosa stavano pensando. Mi sentivo come una bestia con il cuore pieno di sentimenti. Non ero da invidiare o da compatire, ero semplicemente uno dei tanti che voleva la donna di un altro, di un uomo che reputavo peggiore di me, dimenticando che, forse, un giorno anche io sarei potuto diventare peggiore di lui per qualcun altro. La quella gente nel bar ci fissava e non vedeva altro che uno che flirtava con una tipa, per di più davanti al marito. Quella scena mi fece ricordare il tizio delle rose che si scopava Elisabetta. Ma ora stavo provando gelosia mentre quella volta, con Eli e Antonio, non ero riuscito ad arrivare oltre il disprezzo. Quella situazione mi faceva sentire un fallito, un perdente.

"Molto bello" disse il marito.

"Molto bello, che cosa?"

"Quello che hai letto."

"È il mio romanzo."

"Il tuo romanzo? Stai scrivendo un romanzo?"

"Sì, strano vero?"

"E lo tieni in tasca?"

Lo disse con un tono di sfida, come se ne sapesse qualcosa sull'argomento, ma a me non me ne fotteva un cazzo. Io avevo letto quelle maledette parole per sua moglie. Le avevo dedicate a lei. Eravamo io, lei, il treno e la mia rabbia in quel bigliettino, nient'altro. Del suo punto di vista non me ne poteva fregare di meno.

"Lo tengo dove mi pare, perfino in tasca."

"Da dove ti è venuta l'ispirazione? Da una sbornia?"

Il tipo poteva anche aver capito che ero ubriaco, ma non sapeva che non ci avrei messo tanto a diventare anche stronzo.

"No" risposi seccato.

"Da dove allora? Dalla testa?"

"No. Dal cuore."

Seguì un momento di silenzio durante il quale pensai di prendere per mano Antonella e andarmene a casa con lei. Lui se ne stava lì sullo sgabello con un bicchiere in mano, a squadrarmi come se fossi stato uno scherzo di natura. Per fortuna arrivò il barista.

"Ciao ragazzi. Cosa prendete?"

I miei due compagni di sbronza pensarono bene di filarsela con la scusa che avevano un appuntamento urgente in un altro locale.

"Facci compagnia. Dai" disse il cornuto.

Accettai la proposta e presi uno sgabello, ordinai una bottiglia di Valpolicella Superiore e brindai.

"Alla tristezza dei viaggi, quelli veri, - dissi, guardando Antonella negli occhi - oltre le strade e le rotaie."

"Ai viaggi." rispose il tipo.

Antonella non disse nulla e si limitò ad alzare il bicchiere. La donna con la quale avevo fatto il miglior sesso della mia vita sembrava guardarmi come se ce l'avesse con me, ma aveva sempre quel dolce sorriso stampato sulla bocca. Non ricordo come, si cominciò a parlare di famiglia, figli e roba del genere. Il tizio parlava a raffica e di tanto in tanto Antonella diceva "Sì" oppure " Certo, mi ricordo". Io me ne stavo seduto a guardarli e a buttare giù il vino mentre tentavo di capire quello che sentivo. Poi il discorso passò al calcio e a chi aveva vinto l'ultimo gran premio o roba del genere. Il tizio si era esaltato e continuava a dimenarsi come un pazzo per spiegare come uno aveva fatto gol o come un altro aveva commesso un fallo senza farsi beccare dall'arbitro. Mentre lui parlava, io avevo soltanto una gran voglia di sputargli in faccia, di portare sua moglie nel mio appartamento e di non sentire più il coltello del rimpianto che affettava la mia anima facendone cadere i pezzi nella pentola della depressione, ben scaldata dal fuoco della malinconia alcolica. Se non fosse successo niente tra me e lei quella notte in treno, io non avrei dovuto sopportare la vista di quella testa di cazzo di suo marito. Mi dava fastidio sapere che un coglione arrogante come quello si scopava una donna come lei. Fissai Antonella negli occhi per un istante e poi abbassai la testa. Mi aveva guardato come quando avevamo fatto l'amore in treno, mentre mi baciava col vino in bocca, come un dio bacia il tempo, come una donna bacia l'ultimo cliente appoggiato al bancone, ubriaco, solo, triste, stanco, sporco, indifferente, arreso, innamorato, coraggioso e completamente ingenuo.

Mi aveva detto che era pazza di me, lo aveva detto con la lingua degli occhi, e poi, davanti a suo marito mi disse che aveva mentito, me lo disse col sudore, la saliva e un bicchiere di vino in mano. Io continuai a bere e a rompermi le palle mentre suo marito continuava a parlare a sproposito. A un certo punto mi dimenticai del coglione iniziai a pensare a come Antonella aveva riso e a come mi aveva guardato. Sapevo benissimo che si sentiva a disagio, perché continuava a toccarsi le dita come aveva fatto mentre la spogliavo due settimane prima. Seduta accanto a me c'era la stessa donna con la quale avevo fatto l'amore in treno, e il non poterla baciare mi stava facendo andare via di testa. Suo marito continuava a parlare di automobili e calcio e la mia voglia di portarla via da lui, lontano da tutto quell'egocentrismo maschile e dai cliché che il tipo sparava a raffica, continuava ad aumentare. Improvvisamente il tipo smise di blaterare e disse:

"La roba che ci hai letto è per una donna?"

"Certo."

"È la tua donna?

Il tizio aveva cominciato a parlare biascicando le parole.

"No. Non direi" gli risposi.

"Sei fortunato."

"Perché?"

"I single fanno la vita migliore. Fanno quello che vogliono e non hanno responsabilità."

"Io posso fare la vita che faccio. Non ho una donna a cui rendere conto, un figlio da sfamare e un lavoro ben pagato. – gli dissi - Soprattutto io amo, lo faccio dappertutto, anche nei bar. E la cosa stupenda è che amo lei, forse in modo strano, con le parole intendo. Capisci?"

Rimase lì, impalato, e io non capivo se riusciva a seguire quello che dicevo. Antonella era seduta accanto a quel coglione e continuava a bere. Alla fine sospirò e si alzò.

"Dove vai, amore?" le chiese lui.

"Non chiamarmi amore, per favore."

"Ma io..."

Lei mi strinse e mi sussurrò all'orecchio qualcosa. Lui la fissò sorridendo e chiese: "Te la sei presa?"

"Secondo te?"

"Sono tuo marito da dieci anni. Mi conosci. Dai. Scherzavo!"

"Sei mio marito ancora per poco. Andiamocene" replicò lei dirigendosi verso l'uscita.

Io e il tizio ci guardammo, ma a quanto pareva nessuno dei due aveva qualcosa da dire. Onestamente non vedevo l'ora di levarmelo dalle palle, lui e il suo noiosissimo monologo.

"Ci vediamo ragazzi" dissi.

Lui si alzò di scatto e la seguì senza dire una parola.

"Ciao, ho detto."

Aveva capito che stavo parlando con lui ma era abbastanza brillo per scordare le buone maniere. Poi disse: "Sì. Ciao. E rimani single, mi raccomando."

Mentre se ne andavano mi chiedevo che cosa avrei potuto fare per non farla salire in macchina con quell'egocentrico del cazzo. I minuti passarono con quel pensiero fisso che mi ronzava nel cervello, finché arrivò l'ora di uscire e lasciare che i baristi tornassero a casa o andassero a prendersi la loro sbronza chissà dove.

"Questo lo offre la casa."

Era Giuda, come sempre. Non mi lasciava mai solo durante le sbornie, o per lo meno durante quelle difficili, che vanno dritto fino al cuore.

"Sì. Grazie."

"Figurati. Eccoti del buon rum, – disse svuotando nel mio bicchiere quel che rimaneva della bottiglia – e buttalo giù tutto d'un fiato."

Feci come mi aveva detto.

"Grazie. – gli dissi - Buonanotte."

Mi stavo alzando per andarmene ma lui mi afferrò per un braccio.

"Paolo. Vorrei solo..."

"Cosa? Dimmi?"

"Ti vedo giù. Che succede, amico? È lei?"

"Sto solo cercando di sopravvivere mentre tutta la mia vita va in pezzi. Ecco cosa."

"Fatti una dormita. Devi sopravvivere per un altro giorno."

"Non voglio sopravvivere a ciò per cui vivo, che sia un sogno, una donna o una malattia. Odio la parola sopravvivere. È come se tu mi dicessi di accontentarmi di strisciare quando posso volare."

Giuda se ne stava lì, impassibile, con un leggero sorriso stampato in faccia.

"Ehi, mi faresti un piccolo favore?"

"Certo, Paolo. Cosa posso fare?"

Scossi la testa e piantai l'indice sull'etichetta della bottiglia di rum che mi aveva appena servito.

"Ultimo giro?"

Mi fissò per un attimo e sorrise. I baristi come lui sono delle ottime persone. Io questo lo so bene. Sono come i preti ma non mentono.

"Eccoti un altro bicchiere. – disse infatti – Tutto d'un fiato anche questo."

Vuotai il bicchiere ma stavolta senza fretta. Ci misi anzi un po' più del solito, per sentire il fuoco in gola nella speranza che ne arrivasse fino al cuore abbastanza per ubriacarlo a dovere.

"Wow. Ci stava. Grazie, Giuda."

Prese in mano la bottiglia, la alzò come facendo un brindisi e la baciò dicendo: "Ciao, ti presento alcol."

"Ciao. E buonanotte."

Stavo già per chiudermi la porta alle spalle, ma avevo una voglia matta di terminare la serata in bellezza perciò tornai indietro, misi una ventina di euro sul bancone e presi la bottiglia di rum.

“Sono un suo grande fan e lo porto con me. A domani. Buon lavoro e notte.”

“A domani.”

Per strada c’erano un sacco di luci, di alberi pieni di palle colorate e di scritte di auguri e buone feste. Era Natale e non me ne ero accorto. Cominciai a sentirmi a pezzi e pensai che la cosa migliore da fare sarebbe stata quella di andare a casa e ubriacarmi. Passai davanti alla chiesa in piazza. C’era un sacco di gente, tutta sorridente, tutta felice di festeggiare il compleanno di un uomo morto duemila anni fa. Poi c’era un barbone, il solito barbone disteso sul solito cartone, in compagnia del solito cane. Guardavo tutta quella gente passare davanti a quel poveraccio per poi infilarsi in chiesa a chiedere favori a quel povero Cristo. Io camminavo sul ciglio del marciapiede e fissavo le stelle, il rumore dei loro tacchi e delle loro voci mi innervosiva sempre di più. Aprii la bottiglia di rum e la scolai. Non desideravo altro che arrivare a casa abbastanza ubriaco da avere il coraggio di non chiedere nulla a nessuno, almeno per un altro giorno.

***

XIV

"Buongiorno. Ci hai messo un po'. Dormiglione!"

Pensavo di aver aperto la porta a un sogno o di essermi svegliato in un'altra vita, e invece no, era lei, con gli occhi di sempre e una bottiglia di ottimo vino in mano.

"Che ci faccio qui? Sono venuta per parlarti e... - mi sorrise dolcemente e mi saltò al collo – te l'ho detto ieri sera all'orecchio, mentre ti salutavo."

"Cosa?"

"SONO VENUTA A FARE L'AMORE!"

Era la frase che avevo sempre desiderato sentir dire da donna. Si mordicchiò le labbra mentre mi abbassava i boxer davanti all'uscio di casa.

"Vuoi farlo qui fuori? Cucciolo..."

"No. Entra. Entra pure. Io..."

"Ho qui il vino" disse agitando una bottiglia di vino rosso.

"Visto. Io non mi aspettavo..."

"Ssssshhh."

Mi appoggiò un dito sulla bocca e aggiunse: "Beviamo e facciamo l'amore fino a domani?"

Mentre lei diceva quelle cose da maga Circe io me ne stavo in piedi, imbambolato come un ragazzino al suo primo bacio, e continuavo a fissarla.

"Posso appoggiare la bottiglia da qualche parte o vuoi che me ne vada via?"

"Oh. Cazzo! Scusa. Certo, certo!"

"Vuoi bere dopo o adesso?"

"Per me è lo stesso, ma dammi un minuto che mi metto qualcosa addosso."

"Va bene, come vuoi" disse, e iniziò a baciarmi.

Io non dicevo nulla e me ne stavo lì, intontito come un coglione. A dire il vero ero ancora sbronzo dalla sera prima e stavo cercando di capire che cosa mi ero perso, perché i conti non mi tornavano. Poi lei cominciò a spogliarsi e io continuai a stare zitto finché non mi spinse sul divano. Un minuto dopo compresi che cosa intendeva la gente quando parlava di fortuna.

"Sant'Iddio! Dove sono? In paradiso?"

Sorrise e strinse ancora più forte le labbra attorno al mio uccello.

"No, amore – disse sorridendo - sei a pompinolandia."

In un paio di ore ci scolammo la bottiglia e io feci in tempo per ricredermi sulla vita. Quella sera decidemmo di uscire, cenare insieme e chiarire un paio di cose riguardo a suo marito. Verso mezzanotte tornammo a casa perché la città non offriva niente di meglio di quello che potevamo avere sul divano del mio appartamento. Arrivati a casa ci spogliammo, e lei mi legò la cravatta lì dove pensavo di trovare solo le sue labbra, e in pochi istanti dopo mi convinse che quel pezzo di stoffa era sprecato attorno al collo delle camicie. Quella notte facemmo l'amore e credo che quello che facemmo tra il letto e il divano mi tolse un decennio di vita. A letto era una donna formidabile, niente a che fare con Eli. Tra loro due c'era una differenza abissale. Elisabetta beveva e scopava e il giorno dopo non si ricordava nulla. Diceva *Veramente ho fatto quelle cose?*, invece Antonella beveva quanto me e il giorno dopo mi sorrideva senza dire una parola. Lei faceva parlare il suo sorriso. Ero deciso a stare con quella donna ma non sapevo da che parte iniziare. Lei era nel pieno del divorzio a io non avevo idea di quanto ci tenesse a me. Fino a quel momento avevo voluto solo scopare il più possibile senza impegnarmi in relazioni serie, ma Antonella stava cambiando tutto il mio mondo. Avrei voluto parlargliene quella notte, ma sul più bello mi addormentai sulle sue tette e quando riaprii gli occhi lei se ne era già andata al lavoro. Mi ero abituato alle sue fughe, ma avevo sperato di uscire dalla camera e trovarla mezza nuda in cucina, invece trovai soltanto un biglietto sul tavolo con la lista della spesa e un bel *A dopo, amore* scritto a caratteri cubitali. Non ne sono sicuro ma suppongo che la sensazione che provai si potesse chiamare felicità, perché per il resto della mattina feci la spesa e le pulizie di casa con un bel sorriso stampato in faccia. Era come essere fatti senza aver speso nemmeno un centesimo. A mezzogiorno squillò il telefono.

"Amore, sono io."

"Dimmi.

"Sarò da te tra un paio d'ore. Devo dirti una cosa importante e non vedo l'ora di farlo, perciò fatti trovare a casa. Capito, amore?"

"Sì. Sì. Ti sto ascoltando. Cosa devi dirmi?"

"Te lo dirò dopo."

"Dai, ti prego."

"No, preferisco lasciarti sulle spine e, se vorrai saperlo, in cambio mi dovrai dare un mare di baci. Tantissimi baci. Capito?"

"Ci sto."

"Ma è una cosa bella?"

"Bellissima."

"Allora fai presto."

Riattaccai e iniziai a cucinare riflettendo su quello che mi aveva detto la sera prima. Avevo capito che eravamo diversi, ma per me le nostre differenze non significavano niente. Avevamo più di dieci anni di differenza ma nessuno dei due ci faceva caso. Lei era una vera donna, l'unica tra tutte le femmine che mi avevano succhiato tempo, denaro e cazzo. Mi stavo affezionando a lei. Non volevo pensare che prima o poi mi sarei svegliato, le nostre vite erano incompatibili e lo sapevamo, ma ci aveva affiancati un destino che non ci aveva chiesto il nostro parere.

Io ero un tipo svogliato e non pulivo mai, lei invece era una donna piena di energia che trovava il tempo di fare tutto. Lei si vestiva bene mentre io mi mettevo le cose meno sporche e meno stropicciate che trovavo nell'armadio, lei beveva moderatamente riuscendo a sembrare del tutto ubriaca, e il giorno dopo era fresca come una rosa. Io, al contrario, mi portavo le sbornie sulle spalle per giorni interi. Per questo pensavo che fossimo due pazzi, io per il modo in cui vivevo e lei perché mi stava dietro.

Quando arrivò, si presentò con le lacrime negli occhi e una busta in mano che conteneva i documenti del divorzio.

Mi saltò addosso e mi baciò.

"È fatta. Possiamo stare insieme e tu non mi dovrai più aspettare."

La guardai incredulo.

"Brindiamo a questo nuovo inizio?"

"Certo" risposi.

Ci mettemmo a tavola e stappammo una bottiglia di vino. Quell'istante sembrava perfetto. Non pensai più a Eli, al marito di Antonella, allo sgabello al bancone del mio bar preferito, al lavoro o a come ingannare la vita. Ero felice ma sapevo che non sarei riuscito ad abituarmi tanto facilmente a quella sensazione. Se non avessi vinto quella battaglia almeno sarebbe valsa la pena di provarci.

E ci provai, per tre mesi.

XV

Nel giro di una settimana lei si trasferì da me. Dormiva nel mio letto per quattro notti a settimana e nel fine settimana tornava a casa per stare con i figli. L'ex marito non le aveva chiesto nulla ed era sparito, portandosi dietro le promesse che le aveva fatto. Io non facevo altro che scrivere, fare l'amore con lei, e bere vino. La mia vita aveva preso una bella piega e dopo un mesetto trovai persino un lavoro in un ristorante. Guadagnavo bene e lavoravo dalle dieci alle sei. Il resto del tempo stavo con lei. Iniziai persino a fare dei progetti a lungo termine, un anno o due intendo dire. La gente che mi conosceva mi diceva di smettere di frequentarla perché non sarebbe andata a finire bene. Io non ci facevo caso. Uno mi disse: "O smetti di bere o smetti di stare con lei."

Smettere di amare, smettere di bere, smettere con le sigarette e con le bollette. Tutti che si tuffavano nello *smettere* dimenticando che riuscirci voleva dire smettere di vivere. Io contavo di riuscire a smettere di bere ma mi stavo rendendo conto di essere un debole, un drogato dell'amore e della vita. Dopo tutto le nostre giornate filavano e non c'erano motivi per cambiarle. Facemmo persino un paio di viaggi, uno all'estero e uno a Trieste. Per me erano posti come tanti altri nell'universo, ma c'era lei, e con lei quel mare era più bello, con la sua voce nella mia testa e il suo odore tutto era più bello. Era il suo odore o la sua anima? Tra i lavaggi della biancheria, le bollette, la quotidianità del lavoro, le cene in centro e le passeggiate sui colli trascorse mezzo inverno e arrivò aprile. Prima del tramonto uscivamo a bere un paio di bicchieri di vino, quando finivo il mio turno e facevamo un giro in centro. Lei mi faceva sopportare quei giorni umidi, quella gente priva di anima, quei sassi nel mio cervello.

Lei era la ghigliottina che decapitava le mie paure e mi faceva entrare in paradiso semplicemente facendosi immaginare tra le mie braccia. Iniziai ad accompagnare il figlio a scuola e mi beccai persino un paio di riunioni scolastiche. Un giorno, per sbaglio, andai a prendere il ragazzino quando toccava a suo padre prendersi cura di lui. Me ne stavo lì, davanti all'ingresso della scuola, e mi rollavo una sigaretta sotto l'ombrello. Pioveva a dirotto e non vedevo l'ora di riportare il ragazzo a casa, cenare e godermi un po' di caldo. Appena squillò la campanella della fine delle lezioni mi buttai a capofitto nella ressa di genitori in cerca dei propri figli. Io ero il più alto e il più giovane, sarei potuto passare per il fratello. Un'ondata di bambini si disperse nel cortile e vidi il figlio di Antonella sfrecciare a tutta velocità verso un tipo magro, brizzolato e vestito come un avvocato. Era l'ex di Antonella. Capii di aver fatto una cazzata e provai a rimediare nascondendomi tra la folla, in cerca di una via di fuga ma il ragazzino mi vide e mi corse incontro abbracciandomi. Io e suo padre ci guardammo per un attimo, in silenzio. Avvertivo la sua aria di sfida e vedevo il disprezzo in quei suoi occhi scuri. Aveva capito tutto, aveva capito che ero io quello che faceva compagnia alla sua ex moglie.

"Ciao" gli dissi accendendomi la sigaretta.

"Buongiorno" rispose in tono schifato. Poi aggiunse:

"Come sta la mia ex moglie?"

La bocca gli si stirò in un sorriso feroce, e per un attimo pensai che mi sarebbe saltato addosso.

“Bene. È ancora al lavoro.”

“Tu, invece?”

“Io bene. Grazie.”

“No. Che ci fai qui? Intendo dire...”

Rimasi in silenzio. Feci un tiro dalla sigaretta e lo guardai fisso negli occhi.

“Oggi lo prendo io mio figlio. È venerdì, non lo sai?”

Le sue parole mi ferivano, non so come. Se fossi stato nei suoi panni mi sarei tirato un pugno sul naso, ma lui non era me.

“Non preoccuparti, – disse - era finita da molto prima che arrivassi tu.”

Quella frase mi salvò da un infarto. Mi sentivo uno stronzo, non so per quale motivo, ma era quello che pensavo di me. Salutai il bambino poi allungai la mano per salutare il tipo, ma lui mi guardò per qualche secondo e sbuffò.

“Lascia stare. Piuttosto, dì ad Antonella che lunedì lo porterò io a scuola e che questo weekend saremo dai miei.”

“Ok.”

Si girò, salì in macchina e mi lasciò sotto la pioggia. Quella sera mi dimenticai di andare al lavoro e così fui licenziato. Cenai con Antonella e facemmo l'amore come se fosse l'ultima volta.

"Ti andrebbe di fare lo scrittore?" mi chiese a un certo punto.

"Che cosa vuoi dire, non capisco. Che differenza c'è tra uno scrittore e uno come me? Uno che scrive."

Sorrise ma non smise di baciarmi

"Smettila. Parlo sul serio."

"Anch'io sono serio. Che vuoi dire?"

"Voglio dire che hai del talento e che dovresti…"

Smise di parlare e rimase in silenzio come se fosse convinta di parlare al vento.

"Questa frase l'ho sentita un milione di volte" replicai.

"Lo sapevo che mi avresti risposto così. Sto parlando seriamente. Perché non mandi il tuo romanzo a qualche editore?"

"Perché non saprei da dove iniziare se dovessi fare lo scrittore come dici tu."

"Dico solo che dovresti provare. Tutto qui."

"Lo farei se qualcuno mi pagasse per pubblicarmi."

"Non pensi di avere le qualità per essere uno scrittore? Tu le hai tutte. Fidati."

"Beh, non saprei cosa bisogna fare per essere uno scrittore, cioè, che differenza c'è tra un vero scrittore e uno che vuole scrivere. Anzi, ha bisogno di scrivere."

"Tu, cosa pensi?"

"Secondo me, se vuoi capire se uno è uno scrittore allora devi chiedergli di cosa ha bisogno al mattino. Se risponde *birra, sega e bozza da rivedere* allora è quello che credete che sia."

Si mise a ridere, come faceva sempre quando non sapeva cosa dire. Il suo naso si arricciava come se una mosca le facesse il solletico. Quella notte continuammo a baciarci e a farci promesse, ci drogammo d'amore fino al mattino. Lei doveva andare al lavoro e io rimasi a letto per tutta la mattina. Mi aveva dato appuntamento sul ponte Pietra verso le due. Quando arrivai la vidi correre verso di me asciugandosi gli occhi. Quando fu tra le mie braccia sussurrò: "Ti amo" e scoppiò in lacrime.

Fino a quel giorno non avevo saputo cosa fosse l'amore e non me ne era fregato niente, ma una fitta allo stomaco mi disse che stavo iniziando ad amare. Era la prima volta che vedevo le lacrime di una donna, lacrime vere intendo. Per me erano le prime boccate d'aria della mia vita.

"Ho incontrato il tuo ex marito. Non dovevo essere là, a prendere il ragazzo."

Lei non disse nulla. Sembrava preoccupata ma non disse nulla. Passammo la giornata a bere vino e ad ascoltare musica. Lei si divertì, come sempre, a disegnare scarabocchi mentre io leggevo. Continuammo così per giorni e poi per settimane, senza mai baciarci, senza fare l'amore e senza parlarci, se non per dire le cose strettamente necessarie. Lei sembrava un carabiniere e io mi ammalavo dentro. Iniziò a passare sempre più notti da sua madre e a volte stava per due, tre giorni di fila nella casa del suo ex. Io non avevo intenzione di cercarmi un lavoro e mi rintanavo nei bar o sulle panchine dei parchi, a scrivere e a guardare il cielo, pensando che qualcuno lassù forse si stava divertendo alle mie spalle. Me ne stavo disteso sulle strade, sui banconi e sul letto allo stesso modo: solo. Era un modo di desiderarla ancora di più, un modo tutto mio di sentirmi accanto a lei. Era lì, con me, nella mia solitudine. Quella donna mi mancava da morire ma lei non lo avrebbe mai saputo e non lo avrebbe capito nemmeno se glielo avessi detto. A volte guardavo il mondo dalla finestra della mia stanza, dalle porte dei bar o mentre me ne stavo seduto sui marciapiedi, e mi chiedevo se ero un matto da curare o se ero un medico in mezzo a quell'umanità folle. Ero gonfio di birra e avevo un gran desiderio di vendetta. Dio, gli uomini, io stesso, qualcuno doveva pagare per quel casino di vita, per quell'orribile sopravvivenza. Una sera lei mi disse: "Sei solo ubriaco. È questo il problema" e io pensai che dovevo essere più che ubriaco, dovevo essere qualcosa di più.

"Sto bene con gli emarginati, i malati, i soli e tutta quella gente che non sa annodarsi la cravatta."

"Perché?" mi chiese con un'aria seccata che non le avevo mai visto.

"Perché sono troppo sobrio per stare con la gente normale e troppo ubriaco per legarmi una cravatta al collo. Sai quale genere di cravatta? Come quella di tuo marito."

"Non voglio saperlo."

"Perché?"

"Perché no" disse, e iniziò a piangere.

"Ma non sai nemmeno quello che vuoi."

Ero in ansia e avevo paura di dirle quello che mi passava per la mente, ma sapevo che se non glielo avessi detto me ne sarei pentito per il resto della vita.

"Volevo dirti che…"

"Non dirmelo. Non cambierebbe nulla. Paolo, ascoltami bene. Ti ammaleresti e io con te."

"Antonella, ascoltami tu. Perché non vuoi ascoltarmi?"

"Smettila."

Cominciò a spingermi via con le mani e a piangere a dirotto.

"Vattene. Vattene!" si mise a urlare, e subito dopo mi saltò al collo e mi strinse a sé. Se l'amore era quello che provava lei allora faceva veramente male. Ero sicuro dei suoi sentimenti, ma Antonella non poteva amare se non l'ombra di quello che sognava. Io ci avevo provato, ce l'avevo messa tutta ma lei non ne voleva più saperne. Aveva creduto di potercela fare, ma era finita.

"Anch'io ti amo, – disse sottovoce – e lo sai. Ma non può andare avanti così. Devo pensare ai miei figli. Mi dispiace. Addio."

Non ebbi il tempo afferrarla per la mano, per la gola, per i capelli, per la maglietta o per la gonna. In un batter d'occhio era fuori dalla mia casa, e a me non era rimasto nient'altro che la bottiglia di vino quasi vuota. Ma chi se ne fotte pensai. Veramente. Non m'interessavano più il vino, quella città e quel romanzo che non le avevo chiesto di mandare a un fottutissimo editore. Tra me e lei ora c'erano le macchine che sfrecciavano sulla strada, e io avevo tutta l'intenzione di sfidare quella colonna di plastica e ferro. C'erano due possibilità, morire schiacciato sull'asfalto oppure arrivare sull'altro marciapiede e riprendermi Antonella. L'avrei baciata perché era l'unica cosa da fare in quella situazione, l'unica che avrebbe potuto fermarla, ma le nostre mani si erano staccate troppo in fretta le une dalle altre, anche se quell'attimo mi era sembrato durare un'eternità. Forse fu colpa dell'alcol o forse no, ma non riuscii a trattenerla. Me ne stetti lì immobile sul ciglio della strada mentre lei se ne andava correndo.

Brutto stronzo! dissi a me stesso mentre tornavo in casa.

Per un momento mi sfiorò l'idea di buttarmi nel fiume o di legarmi una corda al collo, ma sapevo già che la corda non avrebbe tenuto o che il lampadario sarebbe venuto giù e sarei rimasto seduto sul lercio tappeto del mondo. Avevo perso fiducia persino nella morte. Quella notte mi ubriacai per essere sicuro di prendere la decisione giusta. L'indomani presi il treno per Milano, lo stesso regionale che mi ha portato fino a qui oggi.

***

XVI

Ecco tutto. Sono alla fine della storia. Un mix di sbronze e sesso, e un amore andato a male ancora prima di aprire la sua confezione sottovuoto. Ora mi manca solo una manciata di chilometri da fare con le cuffie nelle orecchie e una valigia per metà piena di vestiti e per l'altra di libri oltre a un paio di bottiglie di superalcolici che mi ha regalato Anna. Mi piace l'idea di festeggiare il motivo di questo viaggio. Da qui riesco a vedere bene la strada che devo fare e mi viene quasi da ridere se ci penso bene, perché ora sono convinto non sia poi così difficile capire quello che uno deve fare prima di crepare. Ho sprecato un troppo tempo imballando cartoni e servendo ai tavoli, per non parlare di tutte le parole nelle quali non credevo e con le quali ho imbrattato certi giornali. Ci ho messo un po' di anni ma alla fine ho capito che non voglio fare altro che scrivere romanzi alti e forti, dalle braccia possenti, ma con un cuore di neve. Voglio scrivere dell'amore per i sogni perché ho imparato bene a sognare e perché dentro un sogno ci può stare di tutto, dalle donne all'amore, dalle sbronze ai vicoli più bui della vita, in ogni città, in ogni cuore. Sto guardando questa città e vedo gente che corre, che assomiglia a scarafaggi col cappotto e le scarpe, in fuga dalla luce. Più li osservo e più mi sento come una farfalla caduta nel loro nido, ma non ho intenzione di dargli le mie ali.

Eccolo! Ecco il palazzo di vetro e cemento, ecco la fabbrica dei miei sogni circondata da un nastro di plastica. Mi avvicino all'ingresso, non pensavo di trovare questo cartello: *Locale sottoposto a sequestro, bla-bla-bla- bla-bla...* Vorrei che qualcuno mi batta sulla spalla e mi spieghi che ho sbagliato indirizzo, che questa porta scorrevole e questo palazzo non sono quello che sto cercando, ma la polizia di Stato ha scritto troppo bene il nome della casa editrice. Vorrei svegliarmi e ritrovarmi di nuovo in treno, davanti ai due tossici. Non mi rimane altro da fare che infilarmi nel primo bar per affrontare le mie disillusioni e alimentare le mie speranze affidando il tutto al fondo di un bicchiere, possibilmente pieno di ghiaccio. Per la maggior parte della gente i bar sono luoghi di perdizione, ma aiutano i tipi come me a mantenere l'equilibrio. Mi sistemo in un angolino di un baretto e mi bevo un paio di birre. Mi prendo uno dei tanti giornali pieni di merda e comincio a sfogliarlo. Do un'occhiata alle pagine di cultura, sfoglio quelle dedicate alla pubblicità dei profumi, pagine piene di foto di strafighe. Il nervosismo sta aumentando e allora mi rollo una sigaretta, poi mi bevo un'altra birra, tanto non può che farmi bene in questa situazione di merda. Il locale è pieno di valige, di bambini di ogni età, di pusher da stazione, di mariti, nonne, imprenditori e anche un paio di nani mori spacciatori di rose per romantici dell'ultimo momento. Una biondina mi si siede accanto e inizia a leggere un libro grosso come un mattone di trecento pagine e dal titolo improponibile. Roba da depresse. Guardo il nome della casa editrice e penso alla polizia, al mio romanzo, a quello che ho perso per arrivare in questa fottutissima città di cemento e mozziconi di sigaretta, alla fine mi rimetto a leggere il giornale. Un'inserzione dice che un editore cerca scrittori emergenti. Sede a Torino, dice l'annuncio. Vado al bancone e ordino un bicchiere di rum. Sembra che alla fine io l'abbia trovata, la vita, eccola in fondo a questo bicchiere, mescolata con il ghiaccio e con quel che è rimasto delle mie speranze. La butto giù, tutta in un colpo e penso che non mi rimane che prendere il primo regionale pieno di gente che mangia un cheeseburger da un euro. Farò quest'ultimo sforzo. In un paio di ore eccomi arrivato alla stazione Porta Nuova. All'uscita c'è una truppa di barboni e di africani. Sembrano buoni vicini di casa e se ne stanno lì a dividersi i pezzi di cartone e qualche coperta macchiata di fango. C'è un'aria fresca e umida, mai sentita prima, direi pulita per essere quella di una grande città. Salgo sul quattro senza prendere il biglietto e scendo alla prima fermata battuta da un controllore. Caffè Modigliani, dice l'insegna di un locale, spero che servano alcolici. Entro e vedo Giuda. Il ciccione se ne sta lì, dietro al bancone, brillo, con la solita faccia da uomo soddisfatto, infilato in un paio di pantaloni tenuti su da due comode bretelle.

"Ciao" gli dico.

"Ciao."

"Che ci fai qui?"

"Ci lavoro."

Mi fa segno di avvicinarmi e mi chiede cosa voglio da bere.

"Vino" rispondo senza esitare.

"Quale?"

"Quello" e indico una bottiglia sullo scaffale alle sue spalle.

Riempito il bicchiere fino all'orlo, mi giro per guardarmi intorno per poi buttare giù la pozione piena delle mie speranze bruciate, ma oggi non è la mia giornata e non lo è nemmeno per la mia camicia: una ragazza mi viene addosso.

“Oh, scusami. Scusami tanto.”

Ha un vestito fiorito. *Finalmente un po' di colore nella mia vita*, penso. È bella, come un angelo. È alta, con gli occhi castani e un sorriso che mi fa pensare alla mia infanzia. Non so come, ma tutto di lei sembra dolce. Forse è il sorriso, forse gli occhi, forse l'alcol nel mio sangue ma, comunque sia, è dolce. Con lo scontro, i libri che teneva in mano si sono sparsi a terra e il bicchiere di vino mi è finito sulla camicia. La aiuto a raccoglierli.

“Che disastro, scusami. Guarda cos'ho combinato alla tua camicia. Perdonami.”

“È solo una macchia. Non ti preoccupare.” le dico.

Non riesco a staccarle gli occhi di dosso. Si agita e continua a balbettare e sembra una bambina imbarazzata.

“Non preoccuparti. Capito? È solo una macchia.”

“Ma andrà via?”

“Non lo so. Spero.”

“Quanto mi dispiace, veramente. Come posso… ?”

“Un modo ci sarebbe.”

La frase mi scappa dalla bocca ma non me ne pento, anche se ora mi guarda come se avesse davanti il suo stupratore. La guardo per un attimo e penso a uno dei libri che ho visto per terra e dico: "Vorrei leggere uno dei tuoi libri."

"Ah, sì?"

"Sì. Veramente."

La sua espressione diventa sospettosa, ma non dice nulla.

"Non sto scherzando. Amo leggere. Ma se non vuoi… "

"No. Va bene. Ci sto – mi dice con un leggero accento francese - è solo che lo trovo strano."

Continuo a guardarla come un allocco e mi sento in imbarazzo se penso che vorrei chiederle di bere qualcosa con me. So che è la mossa più vecchia del mondo e anche quella più scontata, ma non me ne frega un cazzo perché ho voglia di bere il vino che ho versato sulla camicia. Penso anche che voglio leggere quel libro e che non vedo l'ora di sapere come si chiama l'angelo che mi ha mandato il destino.

"Mi dispiace veramente per la macchia di vino."

"Fa niente."

Mi giro verso il barista e gli dico: "Mi faresti un altro bicchiere, per favore?"

"Uno anche per la signorina?"

La domanda del barista mi spiazza. Mi giro verso di lei e sento un flebile “Sì, grazie” uscire dalle sue belle labbra.

“Perfetto.”

“Perfetto in che senso?”

“Perfetto perché mi hai appena regalato un libro, sto per bermi del buon vino con la ragazza più gentile e bella di questa città e sto per sapere il tuo nome, o mi sbaglio? E tutto questo grazie a una macchia. Non è perfetto?”

Mi sorride arricciandosi i capelli dietro l’orecchio e mi tende la mano.

“Jeanne. Piacere.”

Jeanne. Un nome che non avevo mai sentito, che profumava di arte come un buon vino rosso, come una poesia letta sulla bocca di una donna che piange di felicità.

“Paolo. Piacere mio.” le dissi.

“Signori, - dice il barista, paonazzo e con un gran sorriso - eccovi i vostri bicchieri di rosso.”

La bottiglia ha un bell’aspetto, con un'etichetta elegante che dice “Sangue di Giuda”.

- Fine -

Ringraziamenti

Vorrei ringraziare: Stefania Usignuolo, Paolo Cencherle, Alessandro Benetazzo, Matteo Momentè, Zijad Siljkovic, Jasmin Alihodzic, Matteo Tamai, Davide Benali, Gianmarco Allegrino, Stefano Claudio Bison, Letizia, Dario Red, i Cadillac Gangsters, i Led Zeppelin, il mio barista, Budelaire ed Hugo.

Daniel Turčinović

Daniel Turčinović nasce a Bihac, in Bosnia, nel 1984. All'età di otto anni è costretto a lasciare il paese natale a causa della guerra. Il futuro autore si rifugia a Venezia, dove un decennio dopo frequenterà l'università. A venticinque anni si trasferisce a Verona e inizia a collaborare con svariati scrittori, musicisti e attori.

Nel settembre del 2012 pubblica il suo primo romanzo, *Il crepuscolo dei sogni* avvicinandosi al decadentismo. L'anno dopo si presenta al pubblico con il tour estivo *Anche Gesù va al mare*, un connubio tra musica e racconti autobiografici che ricordano il realismo sporco Bukowskiano. Vive e lavora in Italia.

Stampato da Logo s.r.l. Borgoricco (PD)